駿馬嘶駝 草原風

zhengfutian　郑福田 著

内蒙古人民出版社

图书在版编目(CIP)数据

骏马 明驼 草原风 / 郑福田著. —呼和浩特：内蒙古
人民出版社, 2020. 11

ISBN 978-7-204-16443-1

Ⅰ.①骏… Ⅱ.①郑… Ⅲ.①诗词-作品集-中国-当代
Ⅳ.①I227

中国版本图书馆 CIP 数据核字(2020)第 204111 号

骏马 明驼 草原风

作　　者	郑福田	
责任编辑	张桂梅	
封面设计	李　琳	
出版发行	内蒙古人民出版社	
地　　址	呼和浩特市新城区中山东路 8 号波士名人国际 B 座 5 楼	
网　　址	http://www.impph.cn	
印　　刷	内蒙古恩科赛美好印刷有限公司	
开　　本	710mm×1000mm　1/16	
印　　张	18.25	
字　　数	290 千	
版　　次	2020 年 11 月第 1 版	
印　　次	2020 年 12 月第 1 次印刷	
书　　号	ISBN 978-7-204-16443-1	
定　　价	68.00 元	

图书营销部联系电话:(0471)3946298　3946267
如发现印装质量问题,请与我社联系。联系电话:(0471)3946120

駿馬朗駝草原風

陳撫深題

内蒙古文化传播力建设研究基地项目成果

序

徐　英

　　每得郑公福田先生诗词歌赋新作，辄有先睹之快。今先生辑与骏马明驼草原相关之作以成此集，嘱我为序。我诚惶诚恐，然终不获辞，遂勉力为之。

　　郑公此集收录所作诗赋四百七十六首。其中"骏马辑"九十六首、"明驼辑"一百四十一首、"草原风辑"二百三十九首。体例为分类编排；题材则诗词歌赋，一应俱全；内容涵盖写景抒情、友朋唱和、状物明志、题咏颂赞诸多方面，可谓缤纷多彩。

　　"骏马辑"，有"健蹄凌厉踏层冰，雪雾边荒汗气蒸……"等诗句，表现蒙古草原骏马，于寒冬季节驰骋旷野之神情，展示其酷美无伦之状；有"微云点缀袅轻烟，如海层波是远山。八马齐来君看取，十分豪气满人寰"，画面感极强，让读者将草原风光尽收眼底；"明驼辑"寄情于"沙漠之舟"骆驼，其赋谓明驼曰"……至若雷行沙起，有志其刚，峰疑路幻，有目其良。固睑重而得福，亦体要而知方。况复蹄巨重盘，曾无空阔；鼻深曲井，永蕴琼浆……"，同样形神兼备，明驼形象若剪影，跃然而出；"草原风辑"，多写草原风光，山川品物，童年趣事，往日生活，乡情浓郁，亦令人神往。若《浣溪沙·童年琐忆之吃苦菜》，有"日暖风旋细弄沙，陌头山杏两三花。渠边苦菜发新芽。素手撷来清水洗，微盐调就蒜汁加。人生正味此无涯"之追忆，读来情深意切。郑公诗文之中，山水之恋、家乡情结，深挚浓厚，力透纸背。且郑公多年来致力于内蒙古文化传播，对于推介内蒙古始终投入着真情实感，此集所写无一例外，均为内蒙古本地风光，当下风怀，有心者径可持此书作游览指南看，此亦作者之一大功德也。

郑公虽生于乡野民间，但自幼饱读诗书，又得故乡浓郁的民族民间文化熏染，乡间文化中的戏曲、鼓词、说书、民俗，无一不通。中国传统文化与乡间民俗文化的双重滋养，使得郑公自幼脚踏实地，又心系云端，为日后长成参天大树且厚积薄发，筑实了根基。及长，入高等学府，问学于名师宿儒，立身于学术正途。日浸月染，加之天资聪慧，记忆超群，用力精勤，故底蕴日增，学问飞长。尤与诗词歌赋一门，有不解之缘。郑公素喜钻研，且亲力亲为，挥毫泼墨，快意胸怀，笔耕不辍，每有佳作。嗣后，郑公由学生转先生，执教于高校讲台。再后，入仕为官，为民请命……不论身份怎样改变，创作热情丝毫未减，对于中国传统文学的各种文体，如诗词歌赋，甚而序、跋、诔文，无一不涉，且无一不精。日积月累，直至今天。由此，学问精进，创作累积，妙笔生花，大家始成。所出诗文选集多种，反响不俗。

读郑公诗文，除去对其诗文中平仄、对仗、用典等传统规范的研习外，定要发声吟咏，反复咀嚼，方能体味一二，其中韵味并多维含义，皆可不言自明、了然于心。

晚辈亦是先识郑公人，后读郑公文者。郑公平日里如静水深流，低调行事。一朝同道相聚，则文思如泉，才华显露。创制诗文，似成竹在胸，气生道成，出口成章。

郑公友朋众多，相聚相交，少推杯换盏之欢，多谈书论道之乐。郑公幽默诙谐的性格，妙语连珠的谈吐，每每成为聚会的中心人物。初见者，极易放下矜持与戒备，融入这一浓郁的雅集氛围之中，听者无不在郑公的微言大义中，赞叹其对于中国传统文化精辟的见解，其中不乏机智与顿悟。郑公素喜以植根于民间的乡土文化破题，最终落笔于中国文化格局之发展大势，雅俗互鉴，古今贯通……晚辈与同道，多是因机缘巧合而与郑公多次相聚，每每回忆起来，异口同声，赞其所获文化艺术上的"通感"难得，可谓收益颇丰。晚辈誉其为精神盛宴、文化大餐，实不为过。

郑公之所为，恰是中国传统文化熏陶浸染之下，典型文人的生活范本。如今，这类学霸型文人虽已不多，但亦有如南开大学中华古典文化研究所所长叶嘉莹先生这样"穿裙子的士"，诗词歌赋，随口吟咏，记忆超凡，创作不辍，堪称奇人。如叶先生与郑公者，皆是吾辈楷模。

故国数千年，中华传统文化之精华，尽藏于诗词歌赋之中，其言辞意境之美，令人叹为观止。但绵延至今，恰是因为新作迭出，方可称之为源头活水，生命不息，代有传人。若仅知汉赋、唐诗、宋词、元曲……文脉之传，亦恐有食古不化之嫌，终非上上之选。当下，个别人将充满奇思妙想的文学艺术，列以公式，如零件生产，加以机械地量化考核，除去批量制造背诵教条的木偶外，与中国传统文化立德、立功、立言之本意，早已南辕北辙。果若此，我们有何脸面侈谈中国传统文化的传承与弘扬？幸有如叶先生并郑公等，亲历实践，锲而不舍，中华文脉尚可绵延，不至绝嗣。惜如上述两位先生这等人才，屈指可数，除个别极突出者崭露头角，能得到社会的认可外，多数则反而水土不服。静思之，殊深感慨。

此书结集问世，除尽显郑公选材独特、视点聚焦、韵味绕梁、有味无痕、体裁多样、辞章华彩外，亦是中华文脉传承之实绩，可喜可贺。我等晚辈，在此放言，知我罪我，只能见仁见智了。是为序。

目录

骏马辑

千百年来，人们往往把马和龙相提并论，认为好的马应该像龙一样，于是有龙马之称。直到现在，我们形容人的精神气象，还往往说龙马精神。龙马精神，包含着刚健、朗丽、热烈、高昂、轩举、升腾、饱满、昌盛、发达、奋迅等一系列英发向上的意义。而马则是奋斗不止、自强不息、吃苦耐劳、勇往直前的代表性物象。蒙古马更以生命力强、耐力强、体魄健壮著称。福田生肖属猴，生性爱马，少年在农区，最美慕马倌放夜马，出发时，一声呼啸，数十匹奔腾而出，绝尘而去。自己也多次乘骑骟马，小作奔驰，惜乎未能长驱致远。后来年纪渐长，智识渐开，复特爱马之神骏，有如支道林者。每见飞翮晨凫，赤电浮云，雄飞高岭，傲立长原，辄生神物难得之叹。曾经写过一些有关马的诗词，亦乐于为友人有关马题材的美术和摄影作品题诗。此辑所收即是积累所得。日居月诸，沙起雷行，情形已成过去，鬓上二毛早生，回思旧事，感慨系之。所幸良原坦荡，骏马骄嘶，犹存当时况味。录"骏马辑"九十六首。

词

莺啼序·骏马良原三首

　　布赫副委员长说过："草原，对于今天来讲，已经不是一个地理概念或者民族概念。草原已经成为一种精神。"几年前，友人参加平遥国际摄影展，福田为其参展作品作七言绝句一组。2010 年，友人摄影集《烈马追风》付梓，复为其填《莺啼序·骏马良原三首》，分别为"绿玉之原""黄金之原""白银之原"。《莺啼序》调长，三首联翩，写来淋漓痛快。现在奉给读者，以记往事，以怀长者，以见大草原风采、蒙古马精神。

绿玉之原

东风早传消息，道春阳和煦。

平冈远，淡绿鹅黄，满目草色如许。

痴儿女，多情似我，轻衫已换貂裘去。

渐风流云卷，飞扬绮思千缕。

天净香飘，健蹄所指，看莺歌燕舞。

有绣带，并辔逍遥，人间多少佳侣。

过瑶池，满滩踊跃，洗九马，振其毛羽。

更长虹，贯日贞刚，排空神武。

年年新景，岁岁陈诗，光阴成逆旅。

勤拂拭，当前好镜，取象聚焦，检点锋芒，经历烟雨。

低吟宛曲，长嘶激越，壮声滂沛经行路。

正八骏，险阻从容渡。

都来眼底，茫茫海若长原，翩翩神龙翔翥。

一川深碧，宛似天津，叹夕辉朝露。

怕辜负，关山事业，尚在徘徊，委弃黄钟，滴残玉箸。

今朝得意，雷行沙起，如弓一线千钧驭。

任相传，气势真如虎。

等闲华贵衣裳，六尺名骄，纵横谁与？

黄金之原

韶华悄然代序，只凉风乍起。

天陲远、雁阵归来，见说犹有余翠。

岭头树、缤纷万状，妖娆几个妆金髻。

更菊开潇洒，随风展其芳蕊。

千里长原，腾云掣电，认天骄旧地。

草黄处、马正肥时，健儿连肩把臂。

解银鞍、欢呼雀跃，举大白、与君沉醉。

月团圆，无限山川，一泓秋水。

人生不老，卉木还欣，进退从容事。

携伟镜、登高临远，摇露迎霜，早策名驹，晚巡上驷。

当流漱石，眠荒枕玉，这般情调真纯粹。

况联翩、兄弟结成队。

杜郎俊赏，分他磊落才思，助我十分豪气。

此间万物，秋实春生，正转轮不已。

任点检、禾麻黍麦，海积云屯，驼鹿羊牛，波盈涛累。

承平景象，吾民安泰，常将好句歌盛世。

构新图、无往非良骥。

始知伯乐仁怀，岂但吟边，要从心底。

白银之原

弥天朔风劲健，冻高原若铁。

八千里、蜡象银蛇，遍体寒玉澄澈。

岑夫子、初临塞上，梨花敢比晶莹雪。

算何如此际，一呼白虹凝结。

逐日声名，凌云气度，渺山川空阔。

江南事、支道当时，早夸神骏奇绝。

炳龙文、连钱五色，踏旧垒、蹄音明灭。

更悲嘶，骇世惊人，此心尤热。

气吞荒岭，席卷层冰，都道真汗血。

浑不记，来从何处、住向何方，仰露餐风，诸多鳞屑。

石公有约，三冬为伴，清辉炯炯天心月。

且殷勤，写尔卓如骨。

喟然叹曰：忍教短壁颓垣，束缚世间英物！

骊黄雾隐，大野茫茫，正险夷相接。

向前路、龙腾虎掷，鼻息干云，鬃尾飞扬，一旦争发。

青春牧者、宽袍长袖，酣歌快舞情激越。

念相知，滋味年年别。

从容裁取形神，春水回时，柳眉新叶。

浣溪沙·午马

生肖十二，各有其禀赋。余曾一一以《浣溪沙》写之。此词写午马，罗列故典，有类獭祭之鱼。唯结句，则真盛世大区之境界，读者其鉴之。

支道翩翩重尔神，

连钱汗血炳龙文。

过都历块小梁津。

得福塞翁称智者，

识途管子是达人。

骄嘶遍看九原春。

浣溪沙·长原良马两和谐

塞上高秋画卷开，

灵鸥仙鹭逐人来。

天光云影共徘徊。

携手凌霄腾瑞彩，

挥毫绝代畅风怀。

长原良马两和谐。

沁园春·国庆抒怀

点画乾坤，砥砺芒锋，摇落柔翰。

剩三坟五典，简篇似梦；千元百宋，风雨如磐。

浩浩中流，巍巍泰岳，幸与英雄写肺肝。

寻常事，但浮沉出处，水火波澜。

春温换却冬寒。

七十载奔腾未下鞍。

正过都历块，周原无阻；飞天追月，牧野同欢。

河海嘉鱼，城乡广厦，诗酒听人说伟观。

千秋岁，把飘扬赤帜，唱向云端。

千秋岁·原平马骏

为纪念"五一口号"发布七十周年而作，时在 2018 年 4 月。

原平马骏，猎猎风吹鬓。

传口号，留心印。

荡胸云万叠，入眼峰千仞。

新时代，重闻鼓角精神振。

最喜宏图�酝。

况有初心稳。

多建树，如春笋。

倡言襄伟业，献策致尧舜。

中国梦，葵花向日群英奋。

和范诗

范曾先生所作七律，胸襟开阔，气势磅礴，神骏恢张，有若天马。福田不敏，每与先生唱和，所作虽不敢望先生项背，然平居自谓亦颇放逸。假令一旦置于辽阔长原，不知其所谓放逸者果何如也。选所和范曾先生七律十二首。

谁向苍茫赋大招

谁向苍茫赋大招，尘埃野马此身遥。

好参九地无穷变，莫做三生有限娇。

在岭吹衣风烈烈，流霞拂鬓日昭昭。

灵均襟抱男儿事，终古雷音是海潮。

天马恢张认旧时

天马恢张认旧时，东风梳桂绽青枝。

新词不唱家山远，玉斗谁听客路迟。

并辔行唯春解语，比肩归有月相知。

刘郎才气千秋画，一上高城起壮思。

狷狂盛代岂无传

狷狂盛代岂无传，秀出凌霜傲雪妍。

天上星繁知斗重，世间春早许人先。

杏坛要化三千客，绛帐当歌五百年。

骏马乘风真好处，云光花雨玉樽前。

天龙鳞甲肯成尘

天龙鳞甲肯成尘，六出飘扬未了因。

原上独行迷四至，炉边对饮只三人。

香花闲供轻名利，美句微吟泯爱嗔。

话到沧浪横海意，煜然风采碧霄神。

高华宛似杏吹尘

高华宛似杏吹尘，荣枯从兹悟果因。

搏浪椎惊豪士血，拈花手让素心人。

蛾眉未悔虹霓气，峻骨何伤鸥鹭嗔。

且酌西江倾北斗，醉余纵笔写丰神。

掷虎腾蛟万里尘

掷虎腾蛟万里尘，凭谁解得眼前因。

颠翻紫凤天吴色，乱煞南腔北调人。

秋水滔滔迷犊马，佛言历历去贪嗔。

庄生伟论能齐物，一样河神与洛神。

诗家举世爱吾公

诗家举世爱吾公，公爱徐公白玉骢。

风动万毛长啸里，竹披双耳箭驰中。

冰河莫洗昭陵骏，虎脊应邻汉帐穹。

图画江东豪士喜，从来宝马赠英雄。

浊清无碍

离歌故绕楚峰头，抱石沉江几度秋。

应是牛童知姓字，岂缘渔者解牢愁。

堪怜扈纫香兰客，不及回翔锦岸鸥。

濯足濯缨荆水上，浊清无碍立南州。

一自龙图展大猷

一自龙图展大猷，云天高义世间悠。

胸罗武库军中誉，月满霜华塞上流。

百代开张多俊逸，三生忧乐几春秋。

论功早许燕然勒，作赋君家最健遒。

学剑求仙白也狂

学剑求仙白也狂，轻裘肥马意昂藏。

逸翰鹏赋升平世，无敌歌吟华胥乡。

误入长安弹铗手，好携小杜作诗行。

悲来笑矣君山险，一醉当涂百代伤。

开谢闲花骤见之

开谢闲花骤见之，尘埃野马卷来时。

心随秋水三千里，谁是前途一代师。

每欲图南诗化羽，才生塞北柳成眉。

相思情绪经沧海，冠盖楼头看鹜驰。

悬河手段未希声

悬河手段未希声，尽扫桑间笔势横。

传世春秋应有异，含章风雅莫须惊。

神驹皇驳思严垒，银汉萦回洗甲兵。

自是黄金台上客，雷音一作眼分明。

吴银城 中国书协会员、内蒙古书协副主席

书《和范诗 猖狂盛代岂无传》见 12 页

138cm×50cm

鞠闻天　中国书协会员、内蒙古书协副主席

书《和范诗　浊清无碍》见14页

180cm×90cm

烈马追风

友人参加平遥国际影展，予为其参展作品作七言绝句一组三十八首，非为逞才，实欲尽一己绵薄之力以襄其成。后悉数收入友人出版之摄影集《烈马追风》。

野马天龙

高秋黄草影重重，气韵飞扬尺半鬃。

一幅图成豪士喜，矫然野马果天龙。

良　驹

若银若铁二良驹，君是前锋我步趋。

绿草粘天莺语软，人间仙境水云区。

健　足

长山巨野雪玲珑，一旦奔腾顶上风。

终古路遥知健足，云平万里认骄骢。

并　辔

无边草色见青黄，天宇浑茫接大荒。

明日追风何处去，与兄并辔且商量。

荒　林

扑面风狂雨骤音，行空天马入荒林。

前途应是无拘束，塞上秋高百树金。

洗　马

春原良骥数龙媒，今更双双洗马来。

莫道飞珠兼碎玉，蹄声方起已如雷。

雄　飞

人言神物自难同，列子当年解御风。

八马雄飞高岭上，一声叱咤气如虹。

二骏相逢

二骏相逢看愈亲，轻花项下比龙鳞。

黄沙白草男儿事，马背颜开晓月轮。

妩　媚

高原独立气恢宏，簇锦新袍照眼明。

斜跨雕鞍生妩媚，银驹赤兔早嘶风。

摇　篮

银须潇洒满君颔，况有孙儿两尺男。

一笑凭鞍天阔大，从来龙马是摇篮。

饮长河

奔腾九马饮长河，白日光浮旧水波。

振鬣原知心万里，金沙滩上大风歌。

大海层波

红云捧日赤如丹，大海层波是远山。

留取人间闲态度，疏林无处不乡关。

从容牧放

铁色浓云束日光，音清曲水正鸣琅。

从容牧放长原好，五彩氤氲甲一方。

大　爱

潋滟波光秉日晖，亲情舐犊迹无违。

世间大爱低眉久，半岁良驹渐已肥。

高秋黄草影　重重氣韻飛　揚尺半鬃一　幅圖成豪士　喜鵠然野馬　果天龍若銀　若鐵二良駒

君是前鋒戟　終古路遥知　健足雲平萬　步趨綠草粘　天驚語軟人　間僊境水霑　區長山鉅野　雪玲瓏一旦　奔騰頂上風

與兄并轡且　商量撲面風　里認驕驄無　邊草色見青　黄天宇渾茫　林前途應是　無拘束塞上　接大荒明日　追風何豪去　狂雨驟音行　空天馬入荒

秋高百樹金郑福田
先生詩數首

书 《烈马追风　野马天龙／良驹／健足／并辔／荒林》 见 18-19 页

石　敏　中国书协会员、乌海市女书法家协会主席

138cm×45cm

无边草色见青黄，遥接大荒明日。何虑去兴，元并蓄五商重福甲诗。

何　奇

中国书协副主席、内蒙古文联副主席、内蒙古书协主席

书《烈马追风　并嵌》见 19 页

138cm×45cm

卷地英雄

漠上车行有若船，徒留辙迹舞联翩。

何当纵马迎初雪，卷地英雄正比肩。

套 马

骏马从来力万钧，况兼啸傲得金鳞。

当头一掣惊天地，许尔神行百里津。

平冈掠燕

华贵衣裳套马杆，平冈掠燕纵奇观。

倾城岂是闲游戏，要把青春放眼看。

一线男儿

猿臂如君世已稀，更随野马逐风飞。

长身气象移山力，一线男儿八面威。

洗马歌呼

风好香浓锦带妍，长杆颤袅若新弦。
白波不是凡池水，洗马歌呼向九天。

马背秋原

马背秋原海上潮，蹄音磅礴走狂飙。
健儿身手无伦比，还似当年射大雕。

并马平冈

浩饮狂歌草上雄，男儿佳气每如虹。
今来并马平冈远，大日光芒四野风。

端　严

草色初青共淡黄，东风过耳亦汤汤。
牧人最爱春光美，并辔端严着盛装。

玉龙三百

健蹄凌厉踏层冰，雪雾边荒汗气蒸。

此际骊黄迷本色，玉龙三百正长征。

回　眸

推重当时数道林，神骏真评净俗襟。

大野乘风长啸好，回眸况爱草森森。

秋草秋山

伯乐当年阅北群，尽收虎脊共龙文。

如今裁向西风里，秋草秋山把示君。

曝　背

飞翩晨凫是好名，及身一匹纵兼横。

而今曝背夕阳里，十百成群逸兴生。

疾风迅雨

高扬神采跨青骢，十尺长杆曲若弓。

奋发从他千钧势，疾风迅雨得环中。

关山旧事

果毅疑由铁铸成，关山旧事重心盟。

人间多少闲羁绊，任我昂然爽气生。

化龙初

指挥如意化龙初，眼底斑斓最壮如。

且入山川生鳞甲，齐天星斗驾高舆。

六尺名骄

行空无限地无疆，六尺名骄踏肃霜。

爱惜精英随所去，莫教负俗愧八荒。

九天晓色

仰则能鸣俯则喷，轻驱八百更无论。

九天晓色新毛羽，为报名王浩荡恩。

轻 怜

黄骠银鬃已逐风，轻怜犹在一杆中。

沙飞自是天高迥，更锻良驹迅似鸿。

元 气

沙荒渐远渐高崇，暮色黄云特地融。

百骏驰来天一线，真如元气破鸿蒙。

汗血呼嘘

一马长嘶百马应，物从其类像其朋。

今朝雪里迷衰草，汗血呼嘘伴远征。

不　凡

驰骤由来气度严，迅如风烈举惊帆。
闲时饮浴清溪水，不用争流亦不凡。

过　岭

雄州骏足迈群伦，九逸名高共绝尘。
赤电浮云齐过岭，相寻异日到天津。

饮浴长河

从来烈马慕殊勋，饮浴长河望远云。
高阁凌烟垂百代，风华何处李将军。

蹄　音

一马奔腾动万毛，飞来万马气方豪。
锦衣绣带男儿美，况有蹄音大海涛。

雄州駿足邁群倫九逸名高
共絶塵未電浮雲齋追嶺相
尋異日到天津從未烈馬慕
殊勳飲浴長河淮遠雲高閣
凌煙垂百代風華何豪李將
軍馬詩

鄭福田先生詩二首
己亥夏月周世恒書

周世恒　中国书协会员、阿拉善盟书协主席

书《烈马追风 过岭／饮浴长河》见 29 页

138cm×70cm

何　奇

中国书协副主席、内蒙古文联副主席、内蒙古书协主席

书《烈马追风　蹄音》见29页

138cm×70cm

题政协摄影展

政协书画摄影展览，计划出作品集，当事者请为之题诗，予因遵嘱为题七绝数十首，时在 2010 年 10 月。兹录所题与马有关者三十一首于此。

联　翩

山色晴阴过眼新，轻霞有若凤毛真。

联翩八马晶莹玉，牧放何须点视频。

六　骏

端严毡帐列逶迤，万缕祥光到草陂。

六骏连延经远路，红霞天际舞旌旗。

傍穹庐

冰花堆绣雨云闲，玉琢河床翠作湾。

马傍穹庐形貌好，流滩抱石总相关。

从容牧马

从容牧马傍长河，绿草光浮碧水波。

振鬣原知心万里，英雄事业大风歌。

阵　马

秋深塞上起黄云，衰草粘天日色曛。

待命乘风齐昂首，一鞭指处建殊勋。

八面风

晚日浮金遍野红，银羊胜雪态玲珑。

炊烟袅袅黄昏好，牧马携来八面风。

银　峰

银峰磊落玉滩奇，几处风鸣铁马驰。

吐雾吞云容易事，河开凌水媚幽姿。

如海层波

微云点缀袅轻烟，如海层波是远山。

八马齐来君看取，十分豪气满人寰。

处处秋山

寥廓滩平七彩光，蹄音清脆若鸣琅。

心随健足行千里，处处秋山是故乡。

临流照水

碧绿橙黄满道途，临流照水马嘶殊。

中间有木沧桑老，为报长原献此躯。

骏　逸

连峰砌玉素云垂，映雪高华第一枝。

遮路白杨来骏逸，梵音正唱太平时。

冰　溪

天际银妆薄雾蒸，山溪缀玉点层冰。

疏林立马无人处，高草离离带雪凝。

河　畔

秋去冰封连黄草，春来水暖见深潭。

林间白雪河间玉，倒影清鲜九马蓝。

南　山

满滩浓绿近高坡，一角云飞舞翠娥。

骏马南山随所去，彩棚小驻意如何？

原上红霞

高原放眼接苍穹，处处平冈处处风。

更倚红霞妆艳色，云间三骏健如鸿。

霜林五马

一山宛若月之弦，几众听经玉级前。

高下禅房清净地，霜林五马也相关。

云　霞

天际橙痕淡若纱，沉浮日色焕光华。

奔霄大野风尘远，老树犹擎几缕霞。

国　门

骏马东风气势豪，国门云朵两相高。

庄严境界无伦比，宛若长江入海潮。

欲　飞

澄清天宇远云微，烟里双龙势欲飞。

道路康庄堪作镜，草香风色染人衣。

频来神骏

青山怀抱此城新，历历楼台正展鳞。

幸有园田营绿意，频来神骏入红尘。

名马犹龙

长峦叠翠野云低，雾意峰情渐欲迷。

名马犹龙关不住，一鞭要与远山齐。

青春牧者

软絮飘空天宇清，高台良骥古今情。

阳光儿女严妆好，树正欣欣草正荣。

湖　畔

黄软红娇洗俗襟，望中山势作晴阴。

洗马天上瑶池水，不向人间弄浅深。

立马沙山

排空银絮参差卷，立马沙山次第芜。

莫令黄花徒老却，要知儿女旧恩殊。

缓辔长原

缓辔长原景物移，来探绿雅共黄奇。

沙山几处风雕画，故惹流云特地垂。

宝　塔

真如玉裹并金围，八宝玲珑瑞意飞。

五马长嘶期好雨，牛羊驼鹿盼春晖。

乘奔御风

呈团玉露诗心在，见色高枝画意侵。

乘奔御风凭指顾，时风好雨写胸襟。

新毛羽

高岭瞻天青翡翠，长河照水碧琉璃。

今来九马新毛羽，风好花香自在吹。

牧　村

心湖淑秀赤滩纯，迤逦沙峰抱牧村。

好马时来风色洁，要凭沟壑证乾坤。

华英伟概

山河镜里美无俦，破浪当风两三舟。

最是新来天岸马，华英伟概不胜收。

玉作图

境界萧条意少殊，疏云淡雪两荒芜。

回环一水犹深碧，八骏偕来玉作图。

诗·七古

画马歌

孙志钧先生画册发行，莅呼做捐赠。予以事外出，未获追陪，赋此以寄。用老杜《丹青引赠曹将军霸》诗韵。时在 2013 年 10 月 10 日。

志钧先生大姓孙，名重吾华工笔门。

当年青山初展翼，鸿印雪泥至今存。

从来殊遇成殊禀，拔萃艺坛作领军。

长原绵亘九万里，八骏长嘶野垂云。

都市茫茫竟何见，举目皇楼与陛殿。

偶有良马驾高车，鞭捶之下乏生面。

未若奔腾动万毛，来如迅雷去如箭。

十百成群豪兴飞，风烈飙惊齐参战。

前贤竞画古名骢，骨相风标自不同。

韩干气象照夜白，赵霖六骏势追风。

公麟先生五花杰，子昂秋郊一望中。

能托死生徐公出，骏足行处万类空。

天马只在长原上，志钧朝夕得相向。

远看驰骤气度严，近观曝背除惆怅。

赤电晨凫皆好名，笔底描来龙形相。

及身一匹随纵横，能使蛟螭胆气丧。

下笔从容奋精神，鸿蒙运转元气真。

居然写光兼写雾，毕竟曾经牧马人。

能将静谧显博大，不似庸者手法贫。

今来九边酬雨露，男儿岂是等闲身。

射雕儿女

马足聿皇，雁羽齐扬。

射雕儿女，丽服华裳。

极边高风猎猎，当前野岭堂堂。

莽原听啸歌万里，苍穹看雨洗云镶。

打马印歌

何奇兄信息："近日读印谱，见西汉（夏骑）打马印，或称火印，烙马印，游牧文明用之。此印朱文无边。可以以白文试刻之，大可入老子之知白守黑之境。呜呼！为艺术者，匠心独运，巧夺天工！"陈振濂先生信息："妙思！巧思！何不一试？或能开一新境？"何奇兄信息："试刻之。双目观之，一目观之。以白文入手下力。应是省力省事且事半功倍的新刻法。有意思又好玩。"陈振濂先生信息："严重支持这种别出心裁的新探索。"福田于是回信息曰："福田旁观大乐！直北文明遗存，运南国巧思精构谋划，而出以朴拙荒劲之刀法，期待，思之大快心神。"因赋七古一首，寄何奇、振濂二兄，以记一时之趣。时在 2013 年。

皇汉有马大宛来，静若潜龙呼若雷。
检校十万长原上，起处奔潮钱塘开。
西北健儿缚虎手，驰骋边荒吞九有。
能掣牛耳超马蹄，肯顾白云作苍狗。
驯服八骏若等闲，过都历快走泥丸。
名马不向槽头系，系之烈士齿亦寒。
纵放嘶啸山川远，洋洋沛沛匹练展。
为认谁是最骄骢，炽铁龙文印婉转。
百世奇行代有骄，书法当下两妖娆。
奇生直北濂正南，惺惺相惜赏羽毛。
奇欲制印仿龙文，濂真襄助期铁痕。
福田袖手不出手，字拙句劣看销魂。
何时印成悬如斗，良马脊间早经有。
如斗金印若在腰，平人仰首望骠姚。

答何奇振濂二兄

《打马印歌》，一时游戏之作也。陈振濂先生乃有"郑公善古风，气畅意舒，淋漓之致。似比律绝更见其酣。且出口成颂，倚马千言，如此文思，望尘莫及"之评，福田甚为惭愧，赋此以谢。

无双国士奇与濂，福田幸得游其间。

才赏钱江增豪壮，复撷塞柳作新妍。

新妍豪壮岂常有，钱江风流塞上酒。

为君纵酒发狂歌，一片真纯贯牛斗。

人间能得几右军，几人飘逸动乾坤。

浮生不言亦如梦，能写真情复几人？

昨宵心放不能睡，回想前尘真如醉。

艾司唑仑一片吞，难得糊涂狂语赘。

狂语高行与道邻，儒者狷者国之珍。

此生倘无知心友，志大才疏是妄人。

奉金尊

奉金尊，临九有。

在都邑，晋牢酒。

若野田，陈众缶。

乐无疆，及新柳。

君不见高行自振鬣，真爱每低首。

大荒远阔雁羽飞，长原并辔龙鳞走。

白马来

朝露起，红云开。

青牛隐，白马来。

饮醇酒，惬高怀。

纵歌吹，莫徘徊。

黄沙未迷秋草新，大旗漫许掩龙媒。

群蹄真成声溅玉，况复一啸若奔雷。

甲申新正展观老铁马图感赋

　　甲申新正，年味浓郁，家家张灯炽炭，处处结彩飞花。此际展观老铁所画骏马，回思年来事业，思绪绵绵。

寒琼冻玉迎春风，处处炽炭胭脂红。

楼头火树结七彩，烟花霹雳声其同。

酒酣顿觉春茫茫，别有绵邈乡思长。

听歌居然鬓堆雪，读书复忆陶灯黄。

惭愧小窗弄鹦鹉，当时心志许缚虎。

一片孤高谁因人，天际深清羡雁羽。

有时神飞爱骏马，已倩老铁淋漓写。

梦回陌上草芊芊，心底翠筠说大雅。

南国温润柳眼勃，北地狂吟笛激越。

半生际会未雕龙，剩有婵娟纸上月。

高士歌

孤翁为人狷介不群，犹如天岸之马。然于艺业倾心尽力，不但己身成就卓卓，且营造出北疆书坛无限生机活力，令人景慕。此诗作于2012年。

孤翁品调迥出尘，胸中岳峙与云屯。

神骏人夸天岸马，风发我重海王鳞。

想象高轩晴窗下，彩笺妙墨从容写。

笔底波澜万象生，纷披浑涵皆大雅。

有时跻攀上崇峰，问道高天第几重。

森严气象压凡近，流云飞瀑两淙淙。

有时铁军严部伍，号令谁何士如虎。

兵戈俱向此中来，大漠铿訇作旗鼓。

有时秋水灌百川，开张才思最联翩。

紫凤天吴从驱遣，长吉齐州九点烟。

有时风柔天初霁，彩练将成阶柳细。

绿肥红瘦浅深描，芳者芝兰香者蕙。

我从壮岁识吾兄，淡泊坚刚君子风。

吟诗作赋真余事，从容共看九天鸿。

图籍每成声千里，马如游龙车如水。

频接风采画未能，且以俚词赞大美。

明驼辑

内蒙古西部有四大沙漠，巴丹吉林沙漠，腾格里沙漠，乌兰布和沙漠，库布齐沙漠。它们苍苍茫茫，广袤无垠，壮阔雄深，神秘奇特，演奏着时而和美静穆，时而粗豪放旷、变幻莫测的动人乐章。唐代大诗人王之涣说"无边瀚海人难渡，端赖驼力代客船"，的确，在现代交通发达之前，沙漠里的人们就是靠着骆驼与外界、与通都大邑间保持着必要的联系。日居月诸，沙起尘飞，沙漠里的人们送走夕辉，迎来朝阳，而他们的忠实朋友——骆驼，则用它们那惯于负重的背，载着忧愁，载着思索，载着对光明的追求与对幸福的向往，载着对过去不绝的回忆和对将来不断的憧憬，走着，走着，在这风与沙的王国里，在这漫长广阔的时空范围内，在这曾经充塞着壮美与悲凉的土地上。现在，这慢腾腾的驼运节奏与现代化的发展速度明显不合拍了，然而，这里的人们仍然离不开骆驼，仍然深情地讴歌着骆驼，仍然挚爱着骆驼，爱着这沙漠的船，这生命的山。这是一种合理的人与自然的关系，是一种内在平衡的节律，更是一种高尚的审美追求与伟大的精神力量。录"明驼辑"一百四十一首。

赋

阿拉善骆驼赋

为中国骆驼之乡阿拉善作，时在 2012 年 10 月。

贺兰岳崎，弱水云环。在野晴沙熠熠，居延细浪潺潺。伟岸胡杨，开张虬龙之态；明驼大漠，动静生命之山。

唯驼器宇轩昂，雍容大度。引鹅颈而远图，眇极边而弗顾。背上峰峦，从来猛志弥高；胸间垒块，终古豪情未吐。

至若雷行沙起，有志其刚，峰疑路幻，有目其良。固睑重而得福，亦体要而知方。况复蹄巨重盘，曾无空阔；鼻深曲井，永蕴琼浆。

物之神者，有如此也。每迅骛于流沙，常显功于僻野。壮士思乡，归心即日能圆；牧歌唱晚，神韵千秋堪写。

若乃物虽奇而不用，事虽至而无功。将此巍巍之躯，等乎渺渺之虫。瀚海茫茫，衔尾谁虞其险；惊飙烈烈，鸣沙谁警其风。

必也爱其殊才，全其本性。负重则拟之如舟，见机则方之以圣。乃有潜识泉源，越万里而无待；深藏智算，屈长膝而示敬。

今夫阿拉善者，煌煌大盟。举民安而物阜，正日朗而光亨。健足腾则万峰会，云涛奔涌；宏图展则百福臻，草木欣荣。

快哉，疾若风雷，猛如虎兕。效天上之神驼，肆人间之步履。运朗练之华英，颂恢宏之大美。

诗·四言

大漠苍烟

友人集以骆驼为表现对象之摄影作品为《大漠苍烟》，命福田题诗附骥。因之作四言一百四十首。所咏之物则一，所作之诗逾百，且成于仓促，不暇剪裁推敲，重复拉杂，在所难免。时在 2013 年 4 月。兹录于此，聊以记一时情事。

吞吐为云

锦绣衣裳，适彼莽苍。

吞吐为云，大我边荒。

领毛猎猎

目睛卓荦，雪野浑茫。

领毛猎猎，阵马风樯。

050 骏马 明驼 草原风

腋下生翮

雪深草短，光眩头白。
奔腾驰骤，腋下生翮。

驼亦睦如

与子并辔，自尔喧哗。
驼亦睦如，相伴还家。

若移海岳

光影斑驳，一鞭在握。
雷霆万钧，若移海岳。

明驼安如

天地廓清，任尔纵横。
明驼安如，载友载朋。

何 奇 中国书协副主席、内蒙古文联副主席、内蒙古书协主席

书 《大漠苍烟 若移海岳》见 51 页

180cm×45cm

何　奇　中国书协副主席、内蒙古文联副主席、内蒙古书协主席

书《大漠苍烟　若移海岳》见51页

180cm×45cm

蜚声大野

风尘灿如，光华绚若。

背上峰峦，蜚声大野。

野与天齐

滂沛骁骑，驰于北疆。

野与天齐，浩浩洋洋。

曾无空阔

尘头掩映，地动彭彭。

曾无空阔，况有长缨。

照我蓬勃

当时虬龙，犹留骏骨。

日精万条，照我蓬勃。

卓尔当先

天地浑茫，存乎一线。

我驼谓雄，卓尔当先。

神物庞然

昂首向天，大目若环。

载养载御，神物庞然。

领毛万卷

唯驼俊逸，在颔在峰。

领毛万卷，踏雪飞冰。

步武逍遥

寒凝雪重，树其高标。

蓬勃迤逦，步武逍遥。

于何所止

木兰当年，明驼千里。
而今盛装，于何所止。

并行有众

三骑并行，自谓有众。
大哉胡杨，展翼火凤。

唯影与响

变幻幽深，唯影与响。
念兹在兹，曰清曰朗。

慕其相守

彩练当空，包容万有。
虽辨白青，慕其相守。

剪影依稀

天地鸿蒙，吾犹过客。
剪影依稀，胜乎竹帛。

充塞万有

或耸其峰，或扬其首。
或吁其气，充塞万有。

居则安处

深裘轻暖，毛羽森然。
居则安处，行则移山。

大物庞庞

古木森森，大物庞庞。
乃亲乃近，举世无双。

万峰会聚

万峰会聚，屏息仰止。

拓地群山，掠荒一水。

迅若龙翔

踏雪履霜，从兹远航。

莫怨白头，迅若龙翔。

毛羽培风

揽辔澄明，廓清之志。

毛羽培风，天假良骥。

奔流负载

结队行沙，正犹航海。

山似涌涛，奔流负载。

何　奇

中国书协副主席、内蒙古文联副主席、内蒙古书协主席

书《大漠苍烟　万峰会聚》见 58 页

138cm×45cm

华盖流光

华盖之隙，流光所积。
韶华万殊，几人轻掷。

气若白虹

怡然一吐，凝若白虹。
载笑载言，其乐融融。

银毫熠熠

同行兄弟，唯君特立。
驼亦超群，银毫熠熠。

老驼向道

胡杨悬日，枝干琳琅。
老驼向道，气宇轩昂。

于焉止息

天之苍苍，野亦茫茫。

于焉止息，回首彷徨。

伟矣白驼

伟矣白驼，崇峰俊领。

正气恢张，雪深风冷。

将以图南

动若疾雷，势逾奔马。

将以图南，青山之下。

彼玉此珠

相携相呼，在此长途。

四海兄弟，彼玉此珠。

孰与其伟

或领其首，或系其尾。
眺彼远山，孰与其伟。

怜他失色

缘汝多娇，怜他失色。
雾亦欺人，是何为者。

声势铿訇

风领雄逸，儿女华英。
乾坤大块，声势铿訇。

神乎长驱

举目原深，荡胸风烈。
神乎长驱，雪冰时节。

揽辔回首

云呈斯媚,风掩斯英。
揽辔回首,风定云平。

移步换影

何物驰骋,移步换影。
譬犹动画,叠乘其景。

许我当先

浑阔沙山,跋涉唯艰。
离伦绝类,许我当先。

洪荒铃铎

山痕风切,驼影光裁。
洪荒铃铎,扑面盈怀。

负重当舟

坚刚胜铁，负重当舟。
昂然兀立，举世无俦。

乘我骏驼

虬枝蒙络，金叶纷披。
乘我骏驼，纵其前驰。

乘彼舟如

行斯海若，乘彼舟如。
皑皑原阔，离离草疏。

枯草平沙

枯草平沙，何处人家。
一丘一簇，浴入朝霞。

置我环中

造化噫气，其名为风。
晚日光辉，置我环中。

弱女情豪

弱女情豪，道路迢遥。
堂堂之阵，不减骠姚。

终为龙舞

散如沙飞，合如沙聚。
上下捭阖，终为龙舞。

纵横冰寒

纵横野阔，吞吐冰寒。
赖有霞光，相与流连。

何 奇 中国书协副主席、内蒙古文联副主席、内蒙古书协主席

书《大漠苍烟 终为龙舞》见 65 页

180cm×45cm

何 奇

中国书协副主席、内蒙古文联副主席、内蒙古书协主席

书《大漠苍烟 纵横寒冰》见 65 页

180cm×45cm

悠悠行者

得佛之灯，现天之虹。
悠悠行者，造化无穷。

肆其健足

肆其健足，如乘云雾。
白银之原，从容飞度。

并辔沙荒

树老沙荒，阅历沧桑。
并辔偕行，情谊深长。

白者其雄

自南自北，随群逐队。
白者其雄，黄花点缀。

瞻望旗旄

长策一举，天宇澄清。
飞扬鬃领，瞻望旗旄。

仰我鼻息

毡帐像天，撮罗高植。
马静圆围，仰我鼻息。

蹄践锋棱

沙面阴晴，蹄践锋棱。
如切如磨，迤逦前行。

大道如环

居高丘上，若沧海间。
我得其中，大道如环。

各抱云团

兄弟坐驾，各抱云团。
沙丘累累，若走泥丸。

软语商量

衣则五彩，驼亦青黄。
比肩同步，软语商量。

卓尔一峰

长山巨野，浑涵有容。
光笼九有，卓尔一峰。

明驼尽染

光曰绚烂，云曰璀璨。
人物辉煌，明驼尽染。

饮啄自天

皇皇物类，重其绵延。

春生秋实，饮啄自天。

流风焕彩

沙壁之线，峭若刀裁。

我行鱼贯，流风焕彩。

长颈有容

童子无邪，长颈有容。

雪晶原莽，开我征程。

关护情浓

峰毛项鬃，在顶当胸。

东风朝日，关护情浓。

大美重瞳

一驼放逸，众驼无声。
颔下风烈，大美重瞳。

背上夕阳

相与熙熙，光亦陆离。
背上夕阳，如画如诗。

如驱兕虎

凝冰呼嘘，留痕步武。
伟哉斯行，如驱兕虎。

羡尔飞熊

一跃当空，躯若劲弓。
观者回首，羡尔飞熊。

击楫中流

风似秋水，驼如行舟。

快哉壮士，击楫中流。

鞭策骏英

本系骏英，着其鞭策。

奇光幻彩，惊心动魄。

雪压风低

锦衣绣带，严其部伍。

雪压风低，柔枝乱舞。

风行颔下

彩佩琳琅，气宇轩昂。

风行颔下，毛羽齐扬。

鹅颈远图

鹅颈远图，穷边弗顾。

呼气成云，喧阗道路。

恩斯勤斯

从容贵要，点缀山川。

恩斯勤斯，亿万其年。

睥睨边荒

草原之光，和熙安详。

携子有情，睥睨边荒。

必也警风

神驼惕惕，耸背崇崇。

一旦急走，必也警风。

恨不翔鸞

汤风沐雪，尽劳竭虑。
途长为累，恨不翔鸞。

谁御麒麟

四足如柱，一顶红新。
若无长策，谁御麒麟。

双辙界雪

迅骛冬原，显功绝域。
谁氏双辙，界破雪色。

前呼后叱

千里健足，势逾雷行。
前呼后叱，掣电逐风。

牧骑徜徉

雪白草黄，牧骑徜徉。
极边景色，毕竟苍茫。

头面峥嵘

汗雪飞腾，头面峥嵘。
浩瀚大野，指点从容。

健足飞时

长杆起处，健足飞时。
天之造物，壮美如斯。

宜其悠哉

并坐徘徊，晓色云开。
老树崇峰，宜其悠哉。

一轮在天

风动千般，一轮在天。
且此蓄锐，前路唯艰。

绿佩银鞍

合手凝神，青青者天。
神骏吾驼，绿佩银鞍。

吟鞭所指

大野雄深，雪雾清奇。
吟鞭所指，草树迷离。

岂必远飏

垂策遥望，境界清凉。
天与静谧，岂必远飏。

应解问天

毛发苍然，应解问天。
何物高巢，居也安然。

响应风从

过都历块，响应风从。
大哉乾元，载我长行。

安坐如磐

峰耸高山，逶迤牵连。
迅飞似箭，安坐如磐。

当时虬龙

眼底枯枝，当时虬龙。
怜尔过客，来去匆匆。

白日黄云

沙黑风劲，险阻相环。
白日黄云，步履唯艰。

大漠多情

晓色云呈，端雅和平。
驼阵谁剪，大漠多情。

铁色远云

黛色厚土，铁色远云。
草疏雪浅，蹄迹纷纷。

任它翔翥

可以诚召，勿以力驭。
乱君衣裳，任它翔翥。

忽焉奋发

由来驯顺，语默听人。
忽焉奋发，猛若麒麟。

曲岸成围

一泓曲水，明净含晖。
连峰照影，曲岸成围。

乡关日朗

谓言轻骏，踏雪无痕。
乡关日朗，远客销魂。

纷如万选

重其健足，饰其头面。
丝缰五彩，纷如万选。

安卧如山

何来微光，照我琳琅。

安卧如山，静处苍茫。

一照华天

沙峰作线，一照华天。

飞扬鬃尾，牧骑翩翩。

雁行来者

垂天色绚，履沙辙新。

雁行来者，连属如云。

欺冰藐雪

双雄并列，百福骈臻。

欺冰藐雪，凝雾吞云。

吁气接天

整我营阵，约我部伍。
吁气接天，壮心如虎。

在青穹下

骏驼明沙，娴月光雅。
长杆若弓，在青穹下。

空橇郎当

应是归途，天野模糊。
空橇郎当，似有若无。

三百为群

当胸风好，指顾山崇。
三百为群，步趋相从。

摩天两峰

老木丛中，软语从容。

吾驼神俊，摩天两峰。

生生相关

天降神兽，出乎圣山。

隐显之际，生生相关。

未逊灵獒

乃骑乃乘，体势高下。

未逊灵獒，巡于原野。

百驼从风

百驼从风，明驼昂首。

光影暗浮，笼括万有。

雪净风平

于焉以息，乘之以行。

应期此去，雪净风平。

雷霆起处

叱咤喑呜，雪野争驰。

雷霆起处，飞箭发时。

橇辙明如

襟袖丽都，橇辙明如。

花牛列阵，窥此景殊。

追影朦胧

踏雪迷踪，投足带风。

向阳体壮，追影朦胧。

相逢道路

神驼大马，禀赋于天。

相逢道路，高蹈长原。

偏增妩媚

几茎长芦，向空葳蕤。

未掩峰雄，偏增妩媚。

在疆在野

光其暗冽，头欲接喋。

浑涵一体，在疆在野。

山鸣谷应

雪上飞行，辚辚有声。

黄犬凝神，山鸣谷应。

日影天涯

瞻望前途，顾念等差。
载负载驰，日影天涯。

奋其毛羽

屈伸蛰龙，奔腾猛虎。
雪裹冰封，奋其毛羽。

万里折冲

诸杆拖曳，人物纵横。
明驼在野，万里折冲。

充塞天地

浩乎沛然，一往无前。
充塞天地，撼动山峦。

闳深绵渺

滩有白冰，驼隐高草。

大哉川原，闳深绵渺。

波涌涛深

我阵森严，彼阵方临。

譬犹秋水，波涌涛深。

驰骤皇皇

鞭策其长，四野浑茫。

君看大面，驰骤皇皇。

关山几重

我回鹅颈，君纵鹤鸣。

鬃毛万卷，关山几重。

处公镜下

来如飙风，去若奔马。
缘何无声，处公镜下。

路向何方

路向何方，翘首徜徉。
不受羁勒，躯铁足钢。

沙境尤神

湖平若镜，鞍辔似银。
草泛毫光，沙境尤神。

一线鸿蒙

疏草当风，兀立有容。
驼峰齐山，一线鸿蒙。

养汝龙蹄

并肩比项，如接品题。
明朝途远，养汝龙蹄。

万里之英

山奔海立，驼阵恢宏。
况有驭者，万里之英。

冲突奔驰

奋汝长鬣，扬汝短尾。
冲突奔驰，孰与其伟。

奋迅奔马

江河卷地，顺流而下。
声势铿訇，奋迅奔马。

一往无前

万峰耸立，朝光欲燃。

蹄音雷动，一往无前。

浑浑大野

行如潮涌，立与山齐。

浑浑大野，肆尔东西。

草原风辑

站在内蒙古草原上，我感到无比自豪。这里位于祖国的正北方，横跨三北，毗邻八省区，自然资源富集，环境和谐友好，是祖国北疆重要的生态屏障。这里与俄罗斯、蒙古国接壤，边境线长，开放口岸多，是祖国北疆安全屏障和向北开放的重要桥头堡。这里历史悠久，草原文明与农耕文明交汇融合，形成了红山、大窑、萨拉乌苏、夏家店、扎赉诺尔等诸多文化类型，是中华文明的发祥地之一。这里历史上群鹰发轫，英雄辈出，匈奴、鲜卑、突厥、乌桓、契丹、女真等部族均曾在此地区上演大剧，蒙元文化起源发展更是波澜壮阔，是中国古代北方少数民族的主要活动舞台。这里自然风光雄奇壮美，人文景观棋布珠联，民族艺术独具魅力，民俗风情色彩斑斓。这里天高地阔，草茂原深，长林堆绣，大漠浮金，河湖经地，沃野连云，呈芳献翠，叠彩堆银。这里可以乘千里马，听马头琴，观民族舞，赏长调音，祭敖包献诚意，饮美酒品甘淳，寻千秋之胜迹，览万古之遗存，风物得见其所未见，文化得闻其所未闻，是千百万游客心驰神往的旅游目的地。对于我，一个土生土长的内蒙古人来说，这里的乡音、乡味、乡风、乡情等一切一切始终叩击着心弦，令我振奋欢欣，五内铭感。在内蒙古大地上行走、流连、品鉴、体悟、吟咏、歌唱，始终是我心底持久的幸福之源。录"草原风韵"二百三十九首。

内蒙古礼赞

为内蒙古自治区成立七十周年而作。以歌骏逸，以颂良原。

壮美北疆，亮丽高原。云腾巨野，马纵长川。大漠驼明，当风猎猎；黄河鲤锦，戏水潺潺。牛羊归时，牧场收珍珠万点；重楼起处，城郭若海市联翩。况有河套平畴，嘉禾盈地；兴安高岭，碧树接天。春夏踏青，知己异花芳草；秋冬选胜，惬怀金岭银山。

昔者文明肇造，红山发皇。首村兴隆，玉龙辉光。斑斑来今之迹，幽幽往古之乡。至于取人之长，胡服骑射；革己之弊，并进恒昌。一统草原，冒顿建百蛮大国；出入关塞，双美焕千古心香。和亲策实坚果毅，十八拍源远流长。而乃盛乐都兴，天下志于兹奋厉；契丹国盛，名王业自尔恢张。

洎乎斡难奔流，鲲鹏变化。击水扶摇，挈云叱咤。一代天骄，振长策而指极边；蒙元帝国，展鸿猷以御四野。至于俺答封贡，通其款曲；清室运筹，易其茶马。兄弟则把臂连肩，名驹则齐驱并驾。霄汉清虚，群鹰发轫，每于此矣；波澜壮阔，百舸争流，良有以也。

至若夜长难明，冰坚似铁，为移三山，渐起群杰。莽碧空繁星欲流，伟丈夫猛志发越。日寇凶顽，拔剑眉扬；生民困顿，冲冠眦裂。度关山其若飞，誓复吾华之仇；降时雨其云泽，凛尊革命之节。泰安客舍，炉火方红；福征古寺，心花早彻。仰天不愧天骄，百灵庙春雷乍放；保国真称国士，敕勒川鼓角未歇。翻天覆地，多少战阵黄英；击筑歌呼，无穷风霜雨雪。

于时驱寇功成，统一业兴。旗旌高举，大义深明。单刀赴会，温都庙从容履险；只手当场，东西部勠力同行。仰延安之伟略，有城川之明灯。首创自治政府，祈祝草原吉祥；践行民族政策，缔结吾华心盟。月圆花好，雨霁霜晴。群星丽日，诸族承平。

朝阳普照，赤帜高悬。宏裁国运，换了人间。放歌广宇，大中华懿乎伟矣；洗马长河，内蒙古何其壮观！于是改革开放，春生遐迩；西部开发，雨润荒田。一带一路，谋深虑远；同心同德，历苦分甘。守望相助，八千里金汤永固；民族团结，千百代水乳相安。

方今鹤鸣九皋，声闻万类。北疆荣欣，呈祥献瑞。经济稳健，人文荟萃。政治清平，生态纯美。品物丰阜，川原藏稀土诸珍；社会和谐，葵藿倾太阳之炜。

赞曰：

大区赫赫，七十华年。民安国泰，日朗花妍。

振鬣奋蹄，骏马良原。载驰载驱，载祝载宣：

精神永葆，一往无前。历块过都，予心拳拳。

大地擘之，七十華年民安國泰，日朗花妍，振鬃奮蹄，駿馬食原，戴馳我戴，驅我戴祝

戴宣精神，永葆一往無前，歷坎過坷，于心拳拳。鄭先生讚　蒙和

蒙　和　中国书协会员

书《内蒙古礼赞》见 93 页

180cm×90cm

内蒙古统一战线礼赞

为内蒙古统一战线作，时在 2017 年 6 月末。

时平气清，草茂原深。层林堆绣，曲水浮金。大区逢七十华诞，普天现多彩祥鳞。载歌载舞，祈祝伟大祖国之吉祥，乃升乃登，咏唱统一战线之殊勋：

忆昔宝塔灯明，城川风好。拱北辰以培魂，奏黄钟以明道。行高岭之巍峨，雪静霜明；结诸部以坦荡，山欢水笑。盛会宏开，共产党赤帜飘扬；民族团结，自治区红城肇造。而乃饥渴道路，贫弱须扶；支离丘墟，平安应保。于是因利乘便，施三不两利之方；审时度势，得稳定宽长之效。

共和国成，时雨华夏；自治策定，甘露九天。统一战线，流光溢彩；天下英才，越陌度阡。不忘初心，民主党派云烟携手；砥砺奋进，知识分子历苦分甘。协商政治，献九芹推心置腹；投身建设，襄伟业一往无前。况有非公经济，弄潮展翼；宗教大德，明心向荃。各民族骏足彭彭，新阶层春草芊芊。海外鸥归，英发塞上；北溟鲲化，鹏起良原。

语云积水成渊，聚木为林。跬步万里，垒土千寻。得人间之俊逸，发天边之好音。留伟绩入青史，团花簇锦；展宏图乘东风，击水拏云。奋发图强，中国梦北疆壮美；守望相助，千秋业各界同心。

于是有词人曰：

沥胆披肝众望归，长星拱日力崔巍。云间万片彩霞飞。

犹记频年兄弟重，漫言前路雨风围。承平事业看旌旗。

同心学习立德圆梦赞

为内蒙古统一战线双月读书会作，时在 2018 年 12 月末。

改革风好，开放花香。山川踊跃，河海激扬。怀振兴之壮志，谱奋进之乐章。气象则霞舒云举，业绩则彪炳辉煌。历时卅载，筑史万行。葵藿向日，草木承光。真吾生之大幸，见祖国之高翔。

丽景晴初，彩虹雨后。浩浩东风，依依杨柳。正道情深，同德谊厚。宗旨不忘，初心共守。奏凯歌于八方，拱北辰于九有。聚力以兴盛边陲，集智以拓开渊薮。国是思深，民生虑久。直言则陈说利弊，谠论则辩证然否。

乃有竞高素质，争锻心身。双月读书，诸手撷珍。修习典册，培植精神。意深沉而启志，声朗练以感人。梁家河好，延安风纯，报国志大，为民情殷。并肩携手，合力同心。赏文章吞吐锦绣，策骐骥焕发青春。

中华民族，多元一体。若兄弟亲，若石榴子。大草原守望相助，蒙古马一日千里。至于求学异邦，系心桑梓。领袖来书，日月偕美。于是重读宣言，共忆宏旨。家国嘱托开新面，事业期待化龙鲤。

发展劲旅，有新阶层。济济楚楚，穆穆雍雍。助民营以鸁凤，振经济而腾龙。社会和谐，文化复兴。新砥砺蓬勃茁壮，再出发向上繁荣。

赞曰：

改革开放，巨轮天纵；统一战线，精英云涌。

披肝沥胆，风雨同舟；克难攻坚，荣辱与共。

长征接力，继火传薪；与时俱进，不辱使命。

念兹在兹，兴区富边；同心学习，立德圆梦。

王铎先生赋

辽左重镇，天下海城。在史星辰炳耀，披风儿女光英。竹小凌霄，便振济民之铎；文华盖世，终随转日之旌。

自昔营口连年，北平数载。初孜孜以为学，期恢恢而焕彩。贼寇东来，倩谁力挽危澜；戈矛西去，看我心雄四海。

洎乎职任公学，史研边疆。思深用默，中的发皇。因熔炉而锻节，仰宝塔而知方。六月海运图南，定当鹏举；一朝云飞向北，真作龙骧。

方其马纵良原，情牵大野。解倒悬于斯民，倾真爱于困者。背上峰峦，健蹄伟韵堪描；胸中垒块，朔漠长风必写。

于是冷毡包而独到，热心肠而广求。共燃星星之火，齐献济济之谋。民族自治，深得大区之要；吾华崛起，一洗病夫之羞。

乃有多才见知，竭诚是务。常虑百姓之未安，每置己身于弗顾。况兼铁骨铮铮，若松柏之不凋；高风凛凛，犹金刚之已铸。

至于山川纯粹，峻茂清荣。嘉八骏其业业，喜四牡其彭彭。待人则耿介谦和，温其如玉；问政则忠谨稳健，动必有成。

美哉！述作春秋，范围忠义。接往古之高风，成一代之国器。遗大爱于后昆，倚甘棠而永志。

王凤岐先生赋

高翔胜羽，长耀华英，生当崇山北麓，志在六月南溟。少小清寒，学行囊萤挂角；老成峻发，才具谋国干城。

自昔故里腾蛟，红山焕彩。掌舆论以悬河，理政务以作宰。疾寒贫苦，萦民情以殷忧；风雨晦明，秉士节而不改。

方其身膺重寄，效命钢都。俱兴百废，共举鹏图。因烈焰而锻冶，沐东风而歌呼。诗有鹿鸣佳什，高朋非远；物多霞飞红日，大道不孤。

洎乎任亚封疆，情钟大野。创福利以惠民，献真情于困者。

夙夜在公，心念耿耿长明；晨昏持正，水流滔滔不舍。

乃有运巧思之独至，发妙算以高筹。为襄辉煌之业，来献卓越之谋。依法理政，一方太平安堵；对外开放，大区未雨绸缪。

于是世仰高才，人知令问。遗爱文质以相骈，远猷形神而不紊。况兼禀赋端直，气象贵其凌霄；襟怀磊落，风标永其留韵。

至于功成身退，山峻木荣。修民族之典要，振老区之旗旌。含章则尚而尤新，愈深愈雅；品调则温其若玉，善作善成。

伟矣！圣贤表彰，言行忠义。居辽阔之长原，颂骁腾之良骥。对万里之云山，仰大方之重器。

呼和浩特赋

为庆祝内蒙古自治区成立六十周年而作，时在 2007 年。

天堂草原，有明珠焉，厥维青城。倚阴山之巍峨，聆黄河之铿訇。抱长川入衣襟，风格峻茂；怀芳草当胸臆，品类清荣。牧歌响亮，尝停白云于林表；良骥风驰，每引壮志于青冥。况有拔地楼高，林林总总；富民市近，沸沸盈盈。马龙车水，渐繁华以盛大；花海人潮，献异彩而含宏。

自昔灵鸟徘徊，神龙隐显，名大郡以云中，筑长城于天际。今夫托克托境，八公里之赵壁犹存；史迹史乘，两千年其载籍未替。至于农牧通，茶马易，诸族融，百姓齐。盛乐都兴，敕勒歌音声递延；丰州塔耸，名王业步武相继。风雨沧桑，积草原精神以涓流，日月居诸，培中华文明之活力。乃知此地化育生息，年淹代久，积渐自雄，良有以也。

洎乎土默特部，阿勒坦汗，始驻牧于丰域，终一统于漠南。携三娘子为内助，砌四围城以青砖。是以城郭表里，苍苍共水天一色；门户高低，隐隐偕黎庶同欢。蒙古语径呼为库库和屯，汉译青城，像其色也；明朝循例以扬其政教，赐名归化，有私意焉。城方竣事，汗即宾天。诸族亲睦，三娘承夫遗志；百姓安堵，九边息其烽烟。方其时也，诚风和而日丽，洵草美而花妍。惜乎清人一炬，几焚归化为焦土；幸哉康熙三复，新增绥远作镇藩。降及满清末造，城联新旧，因曰归绥，归化绥远之省称也；至我人民中国，义尚和平，乃谓青城，呼和浩特其正名焉。

稽其茫茫古今，览乎卓卓英杰。大窑遗址，早别人猿；花岗燧岩，难分石铁。呼韩邪三觐长安，亲结汉匈；王昭君一出塞北，乐融冰雪。报国红颜，及今佳话相传；拂云青冢，从古芳华未歇。乃有仁爱通和，长原者我之气象，庄严雄伟，高山者我之心魄。若夫于近史标英名，于祖国献忠节，荣耀先肇其端，多松年扬其烈。复有李生裕智，大义深明，为抵制日货而疾呼；荣君塞翁，高才独运，期发展故园以殷切。至于云泽出，时雨彻，身投革命，心系民瘼。首创内蒙古自治政府，祈祝草原万里之吉祥；践行共产党民族政策，倡导吾华一体之团结。诚亮节而高风，洵雄才其伟略。

人民共和国成，鹏翔万里；民族自治策定，鹤翥九天。改革开放，起春雷惊大地；西部开发，来时雨润良田。新世纪万马奋蹄，我青城着其先鞭。其社会也，稳定和谐，律吕调而风俗美；繁华兴隆，品物阜而万民安。达小康固基础，降福祉佑草原。其经济也，腾龙跃虎，追风掣电，历块过都，烁古空前。打造中国乳都，成阵势以互补；建设经济园区，形犄角而相环。连续六年，GDP 增速居省会城市之首位；方历五载，地区生产总值已然接近翻两番。创上流之佳绩，成一代之伟观。其地域也，有四辖区，分其城而辐辏；有五旗县，为其郊而联翩。西接大陆桥通欧亚洲，东邻京津唐达渤海湾。开放带、开发带于此交汇，蒙古国、俄罗斯与之毗连。与包鄂合而为金三角，追沿海平而临新拐点。其交通也，陆上空中，凭君遨游，天涯海角，任尔往还。况复首府总自治区之枢要，名城为共和国之屏藩。携三盟其比翼，联诸市而并肩。于是东西边境线，八千里雍雍整肃；三北防护林，数十年穆穆森严。其气候也，春季风和日丽，夏季暑而不炎，秋则天高气爽，冬则雪而不寒。偶有风来，姿态万千：方其盛也，日月因之失色；及其微也，细沙与之周旋。喻其刚也，卷一川碎石而弗顾；言其柔也，抚几茎嫩草而流连。有智者曰：斯亦造化生成，丰富生活者矣。

原夫青城民风，首重包容。虽博大以罕及，岂曲高而难同。言民族，则有蒙汉回满等卅六族焉，而以蒙古族为主体，各民族互敬互让，载亲载近；言宗教，则有佛道清真等六门类焉，而推喇嘛教为最盛，诸宗派共存共济，无斗无争。他如故乡或南或北，均接纳以呵护；方言有西有东，任诉说而倾听。容有异风殊俗，尽心力而同欢娱；何况同德一意，经风浪而结友盟。纵使错乱菜谱，易酱油为老醋；无妨混沌味蕾，认醋爽作盐浓。临大事不糊涂，学人长去己短；成伟业唯笃重，存小异求大同。譬如草原，积寸草以成其大，亦犹青山，因众土而崇其峰。

放眼乎今之青城，巍巍然现代都市。商业街伟厦流光，居民区闾阎扑地。写字楼头，上班族依序而繁忙；护城河畔，休闲者纵心而嬉戏。体育场赛马场，阅神骏以谁先；博物馆展览馆，留风华而奕替。国际会展，接四方宾客以从容；现代物流，输天下财货之迢递。大学园区，学子莘莘；文化场所，莺歌呖呖。蒙元文化街，养来今往古之雄心；成吉思汗路，展友月交风之魅力。若夫访大窑村，登五塔寺，听召庙之梵音，寻玉泉之旧迹。仰昭君墓之青青，临华严塔于寂寂。至于祭敖包以三匝，乘骏马而千里，习骑射则长天如盖，燃篝火则繁星似洗。待嘉宾以全羊，气势如虹；献胜友以哈达，云天像义。方其时也，身置草原之中，心系弘扬之旨，嘉遗产之犹存，喜流风之未已。歌长调之悠悠，岂必丝簧；吟呼麦以恢恢，一空傍倚。听马头琴，感浑厚与苍茫；赏民族舞，觉潺湲而流丽。始知草原文化，博大精深，非虚语也。

今当自治区六十华诞，佳期将至，吾赋初成，记伟绩于万一，美盛业以无穷。至若接高朋之殷勤，载歌载舞；开庆典之隆重，乃升乃登。斯亦青城之风格，出于自然者矣。君其待之。

呼和浩特赋（2017）

　　十年前，我曾撰写《呼和浩特赋》，发表于光明日报，庆祝自治区成立六十周年。今当自治区七十华诞，呼和浩特市有关同志认为该赋仍可存留，欲有所刊布。我固辞不果，因去除十几句，包括其中言GDP者，增加十几句，结尾几句亦做了修改，以切今兹，以合时宜。虽大体仍旧，十九犹存，毕竟有所变易，因以《呼和浩特赋（2017）》名之，以示区别。福田深爱草原风物，深美骏马精神，曾以"无边草色见青黄，天宇浑茫接大荒""行空无际地无疆，六尺名骄踏肃霜"等诗句分别予以形容，今日看来，实不能表现两者于万一。所谓言不尽意，岂此之谓乎？由此观之，《呼和浩特赋（2017）》亦只具庆祝的仪式意义而已，传神尽意，要俟贤者。

　　天堂草原，有明珠焉，厥维青城。倚阴山之巍峨，聆黄河之铿訇。抱长川入衣襟，风格峻茂；怀芳草当胸臆，品类清荣。牧歌响亮，尝停白云于林表；良骥风驰，每引壮志于青冥。况有拔地楼高，林林总总；富民市近，沸沸盈盈。马龙车水，渐繁华以盛大；花海人潮，献异彩而含宏。

　　自昔灵鸟徘徊，神龙隐显，名大郡以云中，筑长城于天际。今夫托克托境，八公里之赵壁犹存；史迹史乘，两千年其载籍未替。至于农牧通，茶马易，诸族融，百姓齐。盛乐都兴，敕勒歌音声递延；丰州塔耸，名王业步武相继。风雨沧桑，积草原精神以涓流，日月居诸，培中华文明之活力。乃知此地化育生息，年淹代久，积渐自雄，良有以也。

洎乎土默特部，阿勒坦汗，始驻牧于丰域，终一统于漠南。携三娘子为内助，砌四围城以青砖。是以城郭表里，苍苍共水天一色；门户高低，隐隐偕黎庶同欢。蒙古语径呼为库库和屯，汉译青城，像其色也；明朝循例以扬其政教，赐名归化，有私意焉。城方竣事，汗即宾天。诸族亲睦，三娘承夫遗志；百姓安堵，九边息其烽烟。方其时也，诚风和而日丽，洵草美而花妍。惜乎清人一炬，几焚归化为焦土；幸哉康熙三复，新增绥远作镇藩。降及满清末造，城联新旧，因曰归绥，归化绥远之省称也；至我人民中国，义尚和平，乃谓青城，呼和浩特其正名焉。

稽其茫茫古今，览乎卓卓英杰。大窑遗址，早别人猿；花岗燧岩，难分石铁。呼韩邪三觐长安，亲结汉匈；王昭君一出塞北，乐融冰雪。报国红颜，及今佳话相传；拂云青冢，从古芳华未歇。乃有仁爱通和，长原者我之气象，庄严雄伟，高山者我之心魄。若夫于近史标英名，于祖国献忠节，荣耀先肇其端，多松年扬其烈。复有李生裕智，大义深明，为抵制日货而疾呼；荣君塞翁，高才独运，期发展故园以殷切。至于云泽出，时雨彻，身投革命，心系民瘼。首创内蒙古自治政府，祈祝草原万里之吉祥；践行共产党民族政策，倡导吾华一体之团结。诚亮节而高风，洵雄才其伟略。

人民共和国成，鹏翔万里；民族自治策定，鹤翥九天。改革开放，起春雷惊大地；西部开发，来时雨润良田。一带一路，大中华万马奋蹄；铸魂圆梦，我青城着其先鞭。其社会也，稳定和谐，律吕调而风俗美；繁华兴隆，品物阜而万民安。守望相助，风景线金汤永固；民族团结，千百代水乳相安。其经济也，腾龙跃虎，追风掣电，历块过都，烁古空前。培基础达小康，谋深虑远；扶贫困兴草原，历苦分甘。和林格尔新区，绘宏图期成伟绩；发展战略提升，若骏马骄嘶长原。其地域也，有四辖区，分其城而辐辏；有五旗县，为其郊而联翩。与包鄂合而为金三角，连包银榆而为新节点。西接大陆桥通欧亚洲，东邻京津冀达渤海湾。起草原之丝路，横西纵北；振图南之大翼，舞好歌酣。开放带、开发带于此交汇，蒙古国、俄罗斯与之毗连。其交通也，陆上空中，凭君遨游，山陬海曲，任尔往还。高铁将成，来好风于八面；空港肇造，舒彩练至极边。况复首府总自治区之枢要，名城为共和国之屏藩。携三盟其比翼，联九市而并肩。于是东西边境线，八千里雍雍整肃；三北防护林，数十年穆穆森严。其气候也，春季风和日丽，夏季暑而不炎，秋则天高气爽，冬则雪而不寒。偶有风来，姿态万千：方其盛也，日月因之失色；及其微也，细沙与之周旋。喻其刚也，卷一川碎石而弗顾；言其柔也，抚几茎嫩草而流连。有智者曰：斯亦造化生成，丰富生活者矣。

原夫青城民风，文明包容。虽博大以罕及，岂曲高而难同。言民族，则有蒙汉回满等卅六族焉，而以蒙古族为主体，各民族互敬互让，载亲载近；言宗教，则有佛道清真等六门类焉，而推喇嘛教为最盛，诸宗派共存共济，无斗无争。他如故乡或南或北，均接纳以呵护；方言有西有东，任诉说而倾听。容有异风殊俗，尽心力而同欢娱；何况同德一意，经风浪而结友盟。纵使错乱菜谱，易酱油为老醋；无妨混沌味蕾，认醋爽作盐浓。临大事不糊涂，学人长去己短；成伟业唯笃重，存小异求大同。譬如草原，积寸草以成其大，亦犹青山，因众土而崇其峰。

　　放眼乎今之青城，巍巍然现代都市。商业街伟厦流光，居民区间阎扑地。写字楼头，上班族依序而繁忙；护城河畔，休闲者纵心而嬉戏。体育场赛马场，阅神骏以谁先；博物馆展览馆，留风华而奚替。国际会展，接四方宾客以从容；电商物流，输天下财货之迢递。大学园区，学子莘莘；娱乐场所，笙歌呖呖。蒙元文化街，养来今往古之雄心；成吉思汗路，展友月交风之魅力。丹霞起凤，俯仰则碧水青山；楼宇切云，缭绕以蓝天绿地。若夫访大窑村，登五塔寺，听召庙之梵音，寻玉泉之旧迹。仰昭君墓于青青，临华严塔于寂寂。远山郁茂，放眼看岭树葱茏；黑河长流，静心赏波涛迤逦。至于祭敖包以三匝，乘骏马而千里，习骑射则长天如盖，燃篝火则繁星似洗。待嘉宾以全羊，气势如虹；献胜友以哈达，云天像义。方其时也，身置草原之中，心系弘扬之旨，嘉遗产之犹存，喜流风之未已。歌长调之悠悠，岂必丝簧；吟呼麦以恢恢，一空傍倚。听马头琴，感浑厚与苍茫；赏民族舞，觉潺湲而流丽。始知草原文化，博大精深，非虚语也。

　　春温秋肃，物茁时平。阴山不老，我城长青。人文焕彩，鄙赋删成。载歌载舞，乃升乃登。聊效献曝之野人，用羍伟业于无穷云尔。

苍崗燧燉難分石鐵呼韓邪三觀長笑親結漢匈王昭君
一出塞北柔融冰雪報國紅顏雙今佳話相傳拂雲青塚
從古芳華未歇迺有仁愛通和長原者永之氣象莊嚴雄
偉高山哉我之心魄至於雲澤出時而徹身投革命心係
民瘼首創自治政府祈祝草原萬里之吉祥殘行民族政
策宣導吾華一體之團結誠亮節而高風洵雄才其偉略
人民共和國龙鵬翔萬里民族自治策定鶴壽九天政革
開放起春城著雷驚大地西部開發來時而潤良田新世紀萬
馬奮蹄我青城著其先鞭其社會也穩定和諧律呂調而
風俗美繁華興盛品物阜而萬民安其經濟也騰龍躍廂
追風製電歷塊過都燦古空前況復首府總自治區之樞
要名城為共和國之屏藩携三盟其比翼聯七市而並肩

贾永昕　中国书协会员、内蒙古书协理事、赤峰画院副院长
书《呼和浩特赋》见102页
138cm×250cm

呼和浩特賦

天堂草原有朋珠馬欣維青城倚陰山之巍峨聆黃河之鏗訇抱長川入衣襟風格峻茂良懷芳草當胃臆品類清滎冥況有撥地樓高林林雲總總富黷黷風沸沸盈盈昔靈馬龍車裘細漸繁華海花海人潮歡異彩近含宏自昔靈馬龍神龍隱顯名大郡以雲中築長城於天際今夫托克托境八公里之趙辟猶存史跡百姓乘兩千年際今夫托克托農牧通茶舉名易諸族融迥知此地化育生息年蠡遮代久積塔舉自雄良骨以也相繼逼齊盛都興歌音敝遮牧於豐城終一統於漠南攜三娘子為內助砌四圍牆以青磚是以城郭時也蒼蒼共水天一色門戶崇卑隱隱儉黎庶同歡方其誠風和而日覆洵草美而花研惜乎清人一炬幾焚歸化為焦土章哉康熙三復新增綏遠之省鎮藩降卒端清末造城聯和平迤謂青城呼和浩特其正名焉稽其泷溢古今覽乎卓卓英傑大窯遺址早別人猿

桃李其丰赋

为呼和浩特第十八中学五十华诞作，以"奇竹龙伟铭"为韵，时在2018年。

观夫芳草新萌，校园来清鲜之气；初阳始照，场馆现朗润之姿。居虽闹市，未许喧嚣阑入；职在宏学，肯放知行游离。况有大学为邻，培植人称沃土；书香成阵，熏陶我近高枝。于是聚沙成塔，起崇楼以映日；积健为雄，飞鸿鹄以鸣岐。树槐柳于东西，栉风沐雨，思长荫远；列侧柏于左右，焕斗成文，领异出奇。

自昔运动方殷，天地翻覆；人物升沉，鱼龙整肃。献赤诚办教育，越陌度阡；因身份至边陲，联轮凑辐。当其时也，精英聚而学校成，事业兴而雨露足。柱础肇基，钦师表春蚕垂远，传薪继火，看学校火凤脱俗。绘蓝图积水为渊，施大爱护笋成竹。

世运清平，百业向荣。半世纪风驰飙作，十八中郁茂葱茏。伊谁教化，好境园丁，焚膏继晷，戴月披星；伊谁长育，时雨和风，寸萌千尺，原始要终。期九皋时闻鸣鹤，仰大野每见腾龙。

煌煌名校，莘莘学子，春华欣欣，秋实累累。于品云何，松柏之美，以渐以修，上善若水；于学云何，江海之体，乃博乃约，摘文究理；于志云何，岱岳之比，允高允远，秉义知止；于艺云何，造化之使，载绘载塑，创新成伟。

今当该校五十华诞，乃为辞以赞之曰：

鲲鹏击水，振翼北溟。

骐骥着鞭，奋足前行。

杏坛其永，桃李其丰。

一流斯建，伟观斯成。

日居月诸，水复山重。

竹帛当书，金石可铭。

呼和浩特奥淳山庄记

奥淳山庄，位于大青山南麓。丛林郁茂，风物殊胜。春秋代序，气象长新。往来宾客，皆称道之。

时驰骏马，每驾长车。历蕴秀之名川，来凌云之高庐。管鲍相逢，岂同寻常揖让；金兰共契，定发异样歌呼。

而乃乘兴挥毫，浮白拱手。照水瞻天，言空说有。主尊客雅，解颐以无限风光；心旷神怡，纵欢以陈年老酒。

若夫春探新花，夏观瑶草，秋爱天清，冬吟雪好。俯察则野沃畴平，仰视则月明星渺。

于是美邻老友，田夫奇叟，策杖偷闲，履夷用旧。必吟前人成句曰：鸟倦飞而知还，云无心以出岫。

包头赋

唯我包头，蓬勃名城。阴山叠翠，河水流筝。越九峰而走鹿，临后套而翔鹰。仰和风之清穆，抚万类以欣荣。佳木重楼，耸云霄以舒卷；健儿汗血，听号令以奔腾。于是钢花溅处，浮金泛彩；铁马来时，疾电惊霆。人文厚朴，允载歌而载咏；稀土珍奇，期善作而善成。

自昔文物风流，史乘漫瀚。刻岩画于兹石，绘陶彩于阿善。山戎淳维，乃春乃秋；鬼方猃狁，如雾如电。敕勒歌飞，先民生生不息；黄河水曲，古史沉沉阔远。若夫九原怀朔云内，肇造早关乎时异；为郡作镇建州，弃置常因乎备变。雄关直道，刻绘一脉沧桑；壕垒长城，封存千年治乱。悲夫！不知衰草寒烟，老却多少豪杰；休问凤箫羌管，吹残几家楼观。

所幸有元风好，斯地兴隆，路连漠北，势接天东。花美上都，黑水城堪为其亚；恩深大汗，汪古部早缔亲盟。麻池镇犹存梗概，哈萨尔永赞承平。若夫阿拉坦至，美岱召兴。人佛共居，亦寺亦城。煌煌兮佳声远播，倡诸族皆来清静；赫赫兮贵要齐臻，期四海咸与澄明。于是茶马互易，农牧互通。群星灿灿，一体融融。百业渐滋，芳华因以璀璨；众筹偕运，名望因以高崇。筑当时团结之基，振千古迈远之鸿。

暨乎满清建制，自具始终。城起规模，地当要冲。造为召庙，白莲象意；名以五当，高柳赋形。云垂九畹，祈龙兴而来雨露；福满三边，伴春至而护坛城。当是时也，舟楫集散，码头无分水旱；朝暮晴阴，客栈不论秋冬。皮毛一动，商旅纷行，民以广聚，户以激增。复盛公交往多元，乔家院商贾繁荣。于是西口往还，吾乡高怀无碍；浮财来去，此地大度能容。而乃生民困困，日寇汹汹。四野铁蹄，遍地哀鸿。扼腕匹夫，断非一己之仇；裂眦志士，共济家国之穷。

洎乎已燃星火，未忘边陲。降时雨其云泽，度关山其若飞。泰安客舍，新风扑面；福征古寺，壮气盈眉。保国真称国士，大青山常闻鼓角；仰天不愧天骄，百灵庙乍放春雷。只手当场，谁干城而浴血；单刀赴会，我从容而履危。至若拔锐攻坚，元戎兵锋再指；谋成绥远，领袖长策一麾。星移斗转，多少仁人烈士；覆地翻天，无穷伟业丰碑。

初阳普照，国运宏裁。鼎新革故，继往开来。发浩歌兮连天宇，挽银河兮洗俗怀。鲲鹏击水，大中国懿乎伟矣；骏马着鞭，新包头何其壮哉！

原夫白云鄂博，世称宝山。铁矿屯海，稀土连环。万古沉埋，奇光每参牛斗；一旦发现，剑气殊胜龙泉。拨云见日，爱丁公之伟绩；溢彩流光，喜吾华之新元。况有一五计划，花开春早；八方才俊，星聚云团。

今兹包头，光华晔晔。六基定位，不但钢铁。言铝业则天下蜚声，言制造则宇内称杰。言稀土则独步环球，言能源则久居前列。改革开放，生我冲霄之翼；西部开发，增我接天之叶。于是建功报效，每做闻鸡之舞；培德圆梦，不改凌云之节。

今兹包头，百姓宜居。三城联翩，八面通衢。专家规划，萃精华于国中宇外；中央关怀，具深意于远瞩近需。于是路网棋布，行来草原海若；广场星罗，隐现楼宇林如。品物丰阜，垂髫惯追时尚；人民安泰，黄发乐享车鱼。况有百年浮沉，旧北梁含辛茹苦；一旦关切，新生活抱玉生珠。

今兹包头，汔可畅游。沿河之畔，登峰之头。岩画蕴日月之华，南湖来江海之鸥。古寺钟鸣，呈祥大野；深山鹿隐，纳瑞雄州。泉飞梅力更，片霞犹带时雨；云过春坤山，零露不遗蜉蝣。至若行长街以百里，探古迹于千秋，循先人之旧路，登九层之高楼。大漠长河，砥砺盈怀浩气；良原骐骥，消尽万斛深愁！若夫幕天席地，携友呼俦，饮其醇醴，乘其骅骝。三复敬意，一展歌喉，深情款款，余韵悠悠。是亦忘我融入之常态，所谓真游之优者也。

今兹包头，幸福美满。倡和谐之淳风，存仁义之凤愿。于是邻里崇孝善高行，街衢树信诚明鉴。嘉言懿德，时添锦上之花；东君化雨，每送雪中之炭。若乃书画代有名家，艺术多生才彦，从教则弘其光英，为学则著其经典。所谓鱼跃川渊，盼其龙门早登；鹏翔天宇，助其云程大展。此又斯城之所长，从古人文化育之有所钟之也。

大哉包头，争做先驱。六五二一，宏开新局。中心带动，鸣高起凤；周边辐射，化龙有鱼。乃有英才聚，能者趋，崇其实，务其虚。当是时也，经时济世，应多超群圣手；过都历块，岂少逐日良驹。

天积高风能浮大翼，海屯巨水可载长舟。人秉厚德应期不朽，城具活力足致鸿猷。焕我激情，发我歌讴。包容大气，勇立潮头。日月居诸，奋进不休。煌煌边城，更上层楼。

重修大召寺碑记

大召，建成于明万历七年（公元1579），迄今已越四百二十度春秋。其间虽屡有修葺，无如时代风雨，世道沧桑，剥蚀破损，允称严重。降及十年浩劫，寺坏不修。图像之威，汗漫迷离，梁栋青红，退故难治。实未足以揭虔妥灵，发扬祥庆。有识之士，耆旧之人，每为叹惋。及至改革开放，百废俱兴。公元1983年，内蒙古自治区人民政府批准，呼和浩特市政府决议重修大召寺。该年5月开工，1996年告竣，耗资220万，其中国家投资180万，余皆为市佛协募得。工成，咸愿刻石以著厥美，乃为辞曰：

重修大召，十有三年，旧观尽复，新彩斐然。

金瓦煌煌，昔时荣显；雕梁穆穆，此地庄严。

东西二楼，拔地而起，晨钟暮鼓，响彻九天。

图像生威，香火日盛，诸召拱卫，蔚成大观。

背倚青山，方将有灵于斯土；面对玉泉，必能赐福于人寰。

中国少数民族文学馆记

少数民族文学，灿若星彩，焕如云霞。起东风以天地，拱北辰于邦家。人物秀出，佳木森列，成果丰硕，秋水无涯。洵为祖国之瑰宝，实乃社稷之英华。

乃有特赛音巴雅尔教授，文章孤诣，学术精通，惜众彩之分殊，发愿力之恢宏。奔走号召，道途响应，沟通协调，朝野风从。集丰沛之人脉，倡建文馆，搜斑斓之天宝，奏其肤功。

唯我内蒙古师范大学，边疆教育重镇，文学研究前沿。弘扬民族传统，曰珍曰重，重视文化积累，乃容乃涵。念兹在兹，于斯有年。甫闻特公倡议，春光涌动，一经党委决策，便着先鞭。建辉煌之巨馆，于盛乐之新园。筑切云之枝巢，来乘风之羽燕。

兹事既开，举国欢欣。接宾客于万里，罗典册其纷纷。况有硕儒名流，均加呵护，部长总理，特予垂询。崇文华而襄盛举，拨巨款以布德音。于是斯馆功成，展览布就。图籍充栋，书卷连云。永存山川之奇气，共培华夏之灵魂。

歌曰：文馆煌煌，于焉肇基。和林新校，凤凰之池。十万云程，常来远客；三千羽燕，齐上青枝。盛世修文，德配天地，民族团结，永世不移。

书法名城中国乌海万人书太阳神记

唯我乌海，阔野风清，崇山龙起。河九曲以从流，歌盈城以超逸。骥足开而掣电谁先，鹏图展而摩云孰似。发荣吐秀，光英焕乎其表；固本含章，道德蕴乎其里。

懿乎市辖三区，木名四合。根承荒古而瓜瓞绵邈，本汇诸因而枝叶婆娑。历久贞刚，俨若吾侪之心志；有容坦荡，洵为斯世之规模。

况有天宝干云，物华泛彩。苍岩刻太阳之神，乃痴乃迷；初民奉大日之祭，如潮如海。当以悬象著明，丽天普照于八方；应期分辉腾瑞，与物同欣于亿载。

今我乌海，万众挥毫，穆穆雍雍。积频年之素养，奏一旦之肤功。桌子山旧刻痕，日星炳耀；吉尼斯新纪录，笔墨鲜浓。黄发怡然，共襄兹城之胜举；垂髫和乐，齐畅书界之宗风。

乃有歌者曰：

嘉木四合，渺焉有征。守望光芒，刻日之精。

文物风流，魅力四射。万人作书，磅礴恢宏。

赤峰对调邀请赛记

　　赤峰有"三对"，一对象，一对夹，一对调。对象者，情侣也，夫妻也。恋爱曰搞对象，结婚后双方依然是对象，即耄耋相对，老夫老妻，仍以对象互称。对夹剖饼夹肉，饼酥肉熏，齿颊留香，百吃不厌。至对调，则为纸牌之戏，颇存智慧考量，与平常游戏不同。某年元旦，赤峰乡人举办对调大赛，因以此文记一时之盛。

　　北山色异，南水流长。爰取一峰之赤，来名文物之邦。西城之煌煌大盛，唯新气象；东区之朴朴清纯，不尽苍黄。从来清平时政，八方正沐时雨；况兼凌云远举，百姓广披阳光。

　　而乃闲暇游戏，非歌非舞。养心敦谊，对调为主。四人相向，整顿衣裳而列席；二组分开，凝聚精神而专属。明其次序，抢点以占头牌；守其规矩，亮花以定步武。尽献智慧，覃思运一百八张；各出心裁，巧手谋乃主乃辅。当是时也，收发之间，暗含妙理灵光；咫尺之内，每多云龙风虎。当场有机谋者，双三能调大王；偶然失筹算者，连弹不及小五。事须敬谨，一路升平，结果未必高魁；理贵坚持，暂时落后，开花依然满树。

　　今当元旦，云平风定，天高日晶。吾乡平安，人民载歌载舞；品物丰阜，诸事乃升乃登。两日乡友会聚，青城皇皇晔晔；千里朋辈亲临，佳会穆穆雍雍。于是人人踊跃，诸桌齐开对调；

当时处处欢欣，十室同浴乡风。

乃为歌曰：

山水名区，天下赤峰。陶凤妩媚，玉龙峥嵘。

人民勤劳，谁出其右；史迹斑斓，吾生其中。

休暇游戏，唯重对调；往来交谊，不尽高朋。

筹划安排，岂但牌张，诸事主强副好；

经营商略，尤期花色，满眼梅墨桃红。

癸巳之春成吉思汗查干苏鲁克大祭祭文并序

此篇原稿系他人所作，倩予改定，乃略存其意，文辞则改其大半。

维公元 2013 年 4 月 30 日，岁次癸巳，建辰廿一，成吉思汗查干苏鲁克大祭吉日，各族各界民众，敬谒圣地陵园，恭谨致祭于成吉思汗之灵：

昔者圣主龙兴，震动宇寰。斡难河畔，走鹿翔鸢。蓬勃万类，岂唯英雄铁骑；奔流九派，不但大漠长原。运筹帷幄，展宏图于化外；决胜千里，连欧亚指天边。一代天骄，藐从来之王者；黄钟大吕，接终古之圣贤。况复拓旧开新，吾疆统一宏阔；经文略武，异域顺化安然。乃有望重金石，建崇陵以临大野；恩深草木，裕斯后而光其前。

今兹更新万象，肇始一元。乾坤绢缊，天地化宣。起幽蛰于厚土，发草木以初芊。经济腾飞，洵品丰而物阜；政治清平，诚国泰而民安。创新科技，着先鞭而致远；繁荣文化，开诸卉而殊妍。民族团结，唯同心其介福；社会和谐，正携手以比肩。建设小康，事业煌煌并举；位育精神，祥瑞缅缅臻骈。兴国之梦，计长久以富民；安邦之策，反腐败而倡廉。赫兮盛世，开新篇以续青史；伟哉中华，迈往古而垂万年。

茫茫乎伊金霍洛福地，巍巍乎鄂尔多斯高原，千里光亨，万众偕欢。典循展祭，祀地郊天。气升太一，精沦九泉。致烟荐醇，献馨肆筵。扬马乳以九复，向青苍之碧天。饰溜圆之白骏，祈大地之平安。伏冀时雨和风，泽被良原广漠；玉露甘霖，惠沐苍生万千。于是九有八荒，同得圣主之休；南疆北地，共献清穆之荃。祀礼告成。伏惟尚飨。

甲午之春成吉思汗查干苏鲁克大祭祭文

维公元 2014 年 4 月 20 日，岁次甲午，建辰廿一，成吉思汗查干苏鲁克大祭吉日，各族各界民众，敬谒圣地陵园，以鲜花时果之馨，醇醴香酪之荐，黄钟大吕之音，敦诚笃敬之礼，恭谨致祭于成吉思汗之灵曰：

赫兮天骄，如日光辉。江河浩荡，山岳崔嵬。

斡难奔流，鲲鹏变化。九有翱翔，风云叱咤。

思深万类，塞漠长原。决胜千里，海溢大宛。
彪炳辉煌，文韬武略。玉振金声，醒世之铎。
宏图化外，若股若肱。吾疆一统，乃升乃登。
阔野崇陵，海天重望。裕后光前，其高无上。

今我中国，肇始新元。万象更新，天地化宣。
筑梦同心，深化改革。民族和谐，为羽为翮。
经济稳健，政治清平。兰芷芬芳，草木欣荣。
文教修崇，精神位育。兴利除弊，端严整肃。
八骏在野，我献其良。载驰载驱，造福万方。
繁星丽天，我辰耿耿。屏藩吾华，江山永靖。

伊金霍洛，鄂尔多斯。天生瑞霭，地涌兰芝。
万众偕欢，同心介福。无限光亨，祥和馥馥。
乃循典则，祀地效天。乃敬太一，精沦九泉。
乃献清鲜，致烟荐酹。乃扬马乳，九复其最。
乃饰白骏，健硕溜圆。乃祈甘露，润我山川。
圣者之休，维民所止。北域南疆，共承其祉。
祀礼告成，虔虔我心。陈斯俎豆，神其来歆。
伏惟尚飨。

乙未之春成吉思汗查干苏鲁克大祭祭文

维公元 2015 年 5 月 9 日，岁次乙未，建辰廿一，成吉思汗查干苏鲁克大祭吉日，各族各界民众，敬谒圣地陵园，谨以瑶草奇花之芳，清酌香酪之献，宏远肃穆之音，竭诚至敬之礼，致祭于成吉思汗之灵曰：

登莽莽之长原，对浩浩之碧霄。仰肃穆之圣殿，拜无上之天骄。

唯大德之圣主，如日月之昭昭，唯圣主之大德，若河海之滔滔。

得斡难之滋育，养腾霄之羽毛。锻雄强之心魄，射天陲之大雕。

驰磅礴之铁骑，荡九有之雄枭。怀深沉之爱意，任万类之游翱。

展宏图于化外，会诸族而诚交，拓疆域于海滢，入史册而高标。

运非凡之智慧，创国体与律条。以超卓之业绩，证武略与文韬。

始金声而发轫，焕伟烈以同袍。终玉振而奏雅，享大名以弥高。

位崇陵于福地，阅大野之妖娆。诚光前而裕后，永康乐以逍遥。

览今日之吾华，正迎祥而纳瑞。悬丽日于长天，敷春阳于九地。

达小康以筑梦，倡改革而除弊。依法制而运兴，肃风气而国治。

强根本以培元，顺民心以兴利。言政治则清平，振精神则位育。

修文教以凝心，举贤能以聚智。显繁星之皎然，拱北辰之熠熠。

我北疆之风景，正亮丽而雄奇。驰八骏以奋发，据良原而前驰。
以耿耿之丹心，报彬彬之盛时。永屏藩于塞漠，护家国之旌旗。
神圣伊金霍洛，光彩鄂尔多斯。偕欢同于万众，介福至于须眉。
分无限之吉兆，举雍雍而熙熙。沐天生之瑞霭，接地涌之兰芝。

循不移之典则，祀后土而郊天。敬昌明之太一，礼精沦于九泉。
荐醇醴与庶羞，蔚云气与香烟。扬马乳其九复，饰白骏其溜圆。
祈好风之习习，令日朗而花妍。祈甘露之时降，令国泰而民安。
祈经济之腾飞，令富庶而有年。祈社会之承平，令文明而化宣。
祈生态之佳好，令中外其瞻观。祈九州与四海，令福泽其绵绵。
沐圣主之鸿休，表予心之拳拳。陈如山之俎豆，神其来兮翩翩。
伏惟尚飨。

乌拉特前旗某镇小城东门联语

祥瑞偕来美政恩波临九有，

日星永照时风好雨到三边。

乌拉特前旗某镇小城西门联语

骏马立长风看雨霁霜晴民生富庶，

灵禽巢老树知花朝月夕国运昌隆。

贾拉森活佛诔文

惊悉贾拉森活佛圆寂，不胜痛悼。水远山长，殊深殄念。恭作短诔，用寄哀思。诔曰：

于唯活佛，幼承衣钵。进德向善，洞悉本末。

教育群贤，思深理阔。发无量智，源头水活。

贺兰高崇，草木清荣。于焉驻锡，愿力深宏。

瞻兮谦谦，若朝云清。语兮温温，胜狮吼声。

荒原远树，尤乏霖露。法雨春风，时予垂顾。

九有京华，庙堂道路。民生国计，倾情呵护。

法轮长转，金莲总持。养天之和，作玉之梯。

朴素其表，朗润其姿。语切至理，心是良师。

道平如砥，唯行唯止。花谢花开，姚黄魏紫。

继往开来，天地大美。应运涅槃，邦失良士。

青山含痛，朝光夕冥。河水流伤，澜净波零。

当时杖履，他年日星。麟凤吉光，口颂心铭。

知有大缘，分有预期。华英其落，甘棠以思。

何所颂德？皇穹灵旗。何所志哀？诔以记之。

居延汉砥铭

　　天地间，一切都是缘分，我们遇到的一切都不应该被忽略。前一段时间，我去鸡鹿塞，捡回来一块石头，写了一首关于鸡鹿塞的词。这几日我在阿盟，费了好些周折，到了居延都尉府旧址。同去的张兄在周边捡了一块石头，戏称是汉代的磨刀石。我看了，也有点像，于是半开玩笑地说了一番道理，给这石头起了一个名字，叫作居延汉砥。并当场写了一篇半打油式的文字，题目就叫作《居延汉砥铭》。石且如此，况人乎？

天造青石，理细文平。置之大漠，朝暮亏盈。

汉人取之，发物光精。除垢涤尘，作则砺形。

雷行沙起，日居月升。浮沉裂断，以待时明。

张兄俊赏，麟角凤翎。譬犹伯乐，校拔奇英。

掇拾琢磨，为赐嘉名。居延汉砥，始腾斯声。

噫！

弃置莫怨起莫惊，世间万物有废兴。

好将塞上一片石，陶写秦关汉月情。

沁园春·岱海

照水秋深，朗镜纹平，曲岸沙高。

有邻家父老，呼牛确确；郊原风渐，落木潇潇。

树已三围，山还一角，楼宇新凉待晚潮。

夕阳好，况谣歌流丽，鹭鸟逍遥。

从容清赏中宵。

莫漫向渔村过小桥。

恐惊残鸳梦，和塘岑寂；唤回月魄，带影萧条。

且放疏灯，重温旧史，成败兴衰几羽毛。

千年事，只借君杯酒，酹我滔滔。

照水秋深朗镜纹平曲岸沙高有邻

家父老鸣牛郊原风渐落木潇树

已三围山还一角楼宇新凉待晚潮

夕阳好况谩歌流丽鹭鸟道逍遥客

清赏梦中宵寞漫向渔邨过小桥恐惊

残鸳且放疏灯重温旧史戍败兴衰几

条毛千年事祇借君盂酒醉我酒酒

右录郑拾四先生沁园春岱海一阕
岁次癸卯年十二月十八日于平安草堂之八李建林

李建林　中国书协会员
书《沁园春·岱海》见 127 页
138cm×68cm

沁园春·贺神舟六号飞天并成功返回

飞船从内蒙古升空，航天员在内蒙古着陆，这是伟大祖国赋予内蒙古无上光荣的责任。

莽莽苍原，滚滚红尘，神六行天。

喜凌空入轨，从他经纬；凭虚展翼，任我翩跹。

宇外光芒，人间电信，壮彩奇情共一船。

欣回首，有寰球璀璨，祖国新妍。

缤纷气象万千。

最妩媚银晖若眉弯。

问近巡北斗，七星健否？遥临月殿，素女安然？

从古豪情，及今伟业，圆缺阴晴仔细看。

回归日，正高秋处处，酒美花鲜。

沁园春·和范曾先生题成吉思汗造像

旧岁登临，意气凌霄，豪语涌泉。

念千秋史册，忠文烈武；三原草莽，走鹿翔鸢。

都道天骄，雷行沙起，叱咤风云张劲弦。

黄钟曲，引唐宗宋祖，略与齐肩。

抱冲望重年年。

铸金石，词成题像篇。

证腾飞万类，岂唯铁马；奔流九派，代有高贤。

今我来斯，当公诗后，大野崇陵荡紫烟。

升平调，早从容唱彻，海角天边。

满庭芳·贺神舟七号航天员太空行走成功

列子乘风，敦煌画壁，想见姿态泠然。

白诗屈赋，未放日星闲。

多少扣阍求索，精神在，旧简新编。

长吉曰：黄尘清水，九点小泥丸。

欢颜。

当盛世，频年磨剑，一旦行天。

渐舱开金露，衣锁秋烟。

为问来今往古，能几个，云外飞仙？

凭栏久，男儿携手，早唱凯歌还。

水调歌头·2010级
研究生毕业感赋并以赠之

君作楚人舞，我欲作楚歌。

从他桂折蟾老，时日几蹉跎。

鸿影翩翩梦里，莫认当年事业，依旧若山阿。

青鬓二毛乱，修干渐成驼。

说章法，评月旦，又如何。

满窗风雨，谁洗文苑镜新磨。

眼底生徒大好，天际春光无限，且去纵舟舸。

有酒终须饮，樽俎亦兵戈。

眼儿媚

一般春水泛涟漪，聚散总依依。

丛芜青冢，荒凉石兽，谁解双飞？

城南城北凄清地，冷暖此心知。

短歌对酒，长箫扶梦，万里斜辉。

青玉案·山溪

盈盈叶上丁零露。有新水，清如许。

漫道韶光难永驻，

缀红依翠，匝花穿树，溅溅经行处。

长吟日日惊天赋，谁拟前贤断肠句。

最是不归春解趣，

雨轻风皱，蝶娇莺妒，能记溪边语？

庆春泽·二月二日咏春

  农历二月二日是我国民间重要的传统节日。二月二在惊蛰前后，惊蛰地气通，大地解冻，冬眠动物开始出土。所谓"蛰虫咸动，启户始出"。而我国民俗以龙为万物之长，故二月二日又称"龙抬头日""青龙节""春龙节""龙头节"。传统节日往往与农事有关。二月二也不例外。民间认为龙王司雨，龙抬头则雨水增多，故有的地方称二月二日为"雨节"。还有的地方认为二月二日是土地神生日，称此日为"土地公公日""伯公生日"。小时候老听大人们唱这样的曲子："二月二，龙抬头，万岁皇爷来使牛。正宫国母来送饭，鞭打犁牛万年收。"因为农历二月是仲春之月，是月"始雨水，桃始华，仓庚鸣，鹰化为鸠……日夜分，雷乃发声，始电"，正是开始农事播种的好时节，所以，所谓"万岁使牛""正宫送饭"在农业社会，是有一定的仪式意义的。二月二日还有一个比较典雅的名字"中和节"。《奉天通志》载："二月初二日'中和节'，俗称'龙抬头日'，以惊蛰率在此节前后，故云。"我想，这"中和"的意思，当与发与未发有关，从自然方面讲，惊蛰之前是未发，惊蛰开始是已发。语云："喜怒哀乐之未发，谓之中；发而皆中节，谓之和。中也者，天下之大本也；和也者，天下之达道也。致中和，天地位焉，万物育焉。"二月二日既是蛰虫咸动的时令，又是龙抬头日，所以，在过去，人们这一天吃的食物，往往或与驱虫有关，或与龙有关。与驱虫有关的，如：打面茶谓之"糊狼眼"，吃炒豆谓之"咬蝎子毒"，吃春饼谓之"烙虫虾"，炒麦豆谓之"点虫眼"，吃麻糖谓之"咬蝎尾"，等等。与龙有关的，如：食水饺谓之"吃龙耳"，吃春饼谓之"食龙鳞"，吃面条谓之"吃龙须"，吃猪头谓之"食龙头"，等等。现在，关于二月二，在我心目中，最主要的是要理发，还有就是吃猪头。虽然我还依稀记得小时候曾在衣服上挂过用剪成小节的谷麦草秆或高粱秸秆，配上剪成圆钱形状的彩布串成的"龙龙尾（"尾"音

"以"）儿"，还依稀记得民间有以剪纸人、画葫芦、撒草木灰等方式以避虫蚁蚰蜒之害的习惯，但这些印象已经变得越来越淡了。为了这些已经变得模糊且越来越淡的印象，我们用一首《庆春泽》词来咏唱二月二日，咏唱这个曾经的重要节日。

春展祥云，春开冻土，春龙今日抬头。

为重民食，试犁先饭春牛。

儿童争挂春龙尾，喜春来，春水如油。

春膏流。

雪润春泥，风化春畴。

年年此际春光好，有春生天地，春到蜉蝣。

长发逢春，三千春恨须收。

闲闲刀法春窗暖，焕青春，春鬓仍留。

去春愁。

十万春光，四野春讴。

浣溪沙·白石头沟深处作

分翠苔柔到指端，鱼清如线水流湍。平沙潭底细犹旋。

雾外初阳还照岭，山中宿鸟可朝元。涧幽石白不知年。

浣溪沙·边城

岁尽边城歌舞频，西风未蕴柳条新。一庭疏影是青春。

已去彩云空渺渺，方酣箫鼓正殷殷。伴人微醉不相亲。

浣溪沙·内蒙古师大校友相聚感赋七首

其　一

地北天南师友心，长原绵邈碧云深。年年园树变鸣禽。

桃李阴浓成硕果，诗书义正动遥岑。檐前榆柳尚森森。

其　二

为有青春远道来，鸿文诸老尽开怀。从容晤对此悠哉。
已把英华延旧梦，且舒歌舞到新阶。随人摄影照红腮。

其　三

莫点明灯理酒妆，当年兄弟醉猖狂。星光过眼具棱芒。
历苦终堪天下用，分甘竟许世间尝。回眸笑指几鸳鸯。

其　四

明日登车看老牛，欢言一路未能休。谁怜拍岸两沙鸥。
从古男儿尊美酒，及今女弟据中流。清风朗日胜高秋。

其　五

毡帐星罗大野中，当前日下月朦胧。晚霞流素褪轻红。
舞袖翻飞双鬓绿，烟花腾跃九霄重。几人快饮矫如龙。

其　六

赖有朋侪记夙初，萧条屋宇只橱书。工资半百有时无。
慷慨与君忧已共，昂扬把臂乐谁殊。麻油豆腐煮青蔬。

其　七

二十年间景物移，丁香看老向南枝。倾心事业趁明时。
马纵平原须约束，舟行逆水要扶持。人生最重是相知。

浣溪沙·童年琐忆

捉溪鱼

溪涧清泠岸草新，小鱼摇曳看无鳞。几人年少解垂纶。
浅水有时空手获，湿柴无奈白烟熏。强如活剥与生吞。

种葫芦种瓜

　　"种葫芦种瓜"系农村儿童游戏。月夜,诸童排队贴墙而立,双手反背在身后兜起。选二儿童,其一手握一石子,走到诸童身后,悄悄放入任意一人的手中。其二站在诸童对面,猜该石子现在何人手中。诸童皆极力镇定心神,务求不露声色;猜者则鉴貌辨色,务求一猜而中。猜中则被奉为王者,猜不中则须"过胡同"——诸童排成两排,相向而立,过胡同者要从中间经过,经受诸童捶楚。

　　褪却西边儿缕霞,朦胧天地罩轻纱。群童学种故侯瓜。
　　漫叫疑猜红上脸,为防错认乱排衙。艰难苦恨走龙蛇。

占山为王

　　九月风高打麦场,小儿黉夜敢称皇。安排僚佐斗强梁。
　　卷地登台开号令,漫天飞草判雄长。居然李赵与张王。

看菜园

　　西侧邻人半亩园,吾家隔水九分田。倭瓜络绎大如拳。
　　对舞蜻蜓风细细,自摇杨柳日翩翩。菜花红紫惹人怜。

夜看菜园

莫点孤窑如豆灯，仰头牵动满天星。草尖秋露伴虫声。

能忆当时山落寞，从知今日树傅仃。一弯眉月水泠泠。

说鼓书

耿耿疏星扫落晖，二三父老扣柴扉。相携稚子故牵衣。

说岳飞忠心浩渺，唱兴唐传梦依稀。金沙滩畔不胜悲。

纺毛线

把握乾坤若转盘，新绒断续指挥间。张弛擒纵意闲闲。

经线捻成联百尺，寒衣织就赖双鬟。骨锤欢唱几团圆。

吃苦菜

日暖风旋细弄沙，陌头山杏两三花。渠边苦菜发新芽。

素手撷来清水洗，微盐调就蒜汁加。人生正味此无涯。

骑水裤

溪绕前峰未肯休，回塘深处过人头。痴儿嬉戏聚朋俦。
引裤束牢成Y字，当风吹满像山舟。纵横击水问中流。

学唱戏

依样乌纱布糊牢，围巾披挂蟒龙袍。桶箍玉带恰围腰。
旧戏学成歌伴舞，新锅敲作钹兼铙。树皮笏板礼当朝。

打酱油

清酱沽来四五升，叫呼伙伴好同行。途长口淡饮于瓶。
斟酌分人量出入，参差补水扭亏盈。归家莫怨可怜生。

乡村婚礼

乳燕梁间软语开，鸣銮四马驾车来。乡肴村酒摆盈台。
端坐新娘眉目秀，侧观联对瑟琴谐。随人扰攘看交杯。

春　播

长者扶犁驭老牛，壮年得得点葫头。匀抛良种入田畴。

箕畚分肥肥护本，簸梭行垄垄平沟。彩衣布谷唱啁啾。

十二岁生日

属相轮番虎兔猴，阿童十二剃平头。艳阳天气暖风柔。

板凳一条须跨跃，鬈毛万绪任裁修。人生经此百无忧。

浣溪沙·记梦

故乡久旱不雨，心实忧之。昨夜忽梦大雨倾盆，水过故乡村畔石门（俗称石簸箕者）。

景物故园萦梦魂，开天雷电雨倾盆。石门过水是龙门。

瀑布来携何处土，凉风吹带旧家痕。云排鳞彩向黄昏。

李洪义　中国书协理事、草书委员会委员，宁夏书协常务副主席

书　《浣溪沙·白石头沟深处作》见 136 页

180cm×57cm

浣溪沙·寄友人五首

中文系八一级同学毕业二十年，聚会于克什克腾，盛情邀余，琐务缠身，未能与会，寄赵瞻先生兼谢诸君五首。

其 一

当日诸君正少年，初阳春草满山川。常将心事系飞鸢。

绿酒薄愁容易醉，红绡清泪等闲看。赵公潇洒未华颠。

其 二

九月穷边撤帐归，西风黄叶故飞飞。相期珍重嘱加衣。

大隐京华酬夙志，故交塞漠待新词。青山一发再来时。

其 三

达里湖滨一夜凉，素娥青女舞门墙。定知误却看朝阳。

野马尘埃成雨露，杂花浅草映流光。此时莫认是寻常。

其　四

细数巍峨第几重，娇花点缀态玲珑。且抛青眼向鸡虫。

远客有情新雨后，石林无语晚风中。一天应恨太匆匆。

其　五

惆怅年来梦不成，痴肥体态鬓星星。朋侪事业日初升。

浊酒已停情未减，小词漫道气偏增。与君约唱大河清。

浣溪沙·英金从古是名津

吴银成先生书法展览开幕在即，不胜喜悦。因多琐务，不能参与盛典，十分遗憾。谨赋"浣溪沙"一首，以申祝贺之忱。

铁划银钩几出尘，流云飞瀑最真纯。

朋侪指点赞斯人。

壁上龙蛇新耳目，胸间块垒写精神。

英金从古是名津。

浣溪沙·中秋前一日作于岱海湖畔

天际云光潋滟开，晨兴鸥鸟与徘徊。
轻烟薄雾逐人来。

远树新亭围五彩，明宵好月抱盈怀。
人间处处唱和谐。

鹧鸪天·热水镇晨起

克什克腾经棚、热水两镇，风景优美，旧式火车迤逦穿行于山间，笛
声时起时落，甚为殊异可喜。

小草新鲜露未晞，可人轻雾逐人衣。
雀雏断续檐间语，汽笛联翩野次飞。

封曲径，上阶墀。无情翠蔓有情垂。
昨宵梦里霖霪雨，曾向窗前特地吹。

过秦楼·秋日道经阿斯哈图石林有怀

岭早含秋，岩还藏绿，迢递雁声新远。

原呈五彩，沙见双清，闲了电机纨扇。

休问夜静更阑，吴楚思深，云停书断。

只松杉万顷，随风容与，老枝长箭。

成记忆、舞好澄怀，歌圆如意，翠甸碧波初染。

辙轻细雨，香在幽花，足迹画廊舒卷。

都道多情，倩谁魂系舟车，梦回苔藓。

对连天石阵，认取沧桑几点。

临江仙·闻校友宿达里湖遥有此寄

载酒轻车何处住，名湖风色无边。

醉余莫扣小船舷。

一滩鸥鹭，正对月华眠。

契阔几人情绪好，几人白发苍颜。

明朝道路草芊芊。

雕鞍骏马，相与看芝兰。

临江仙·清明临河讲学偶成

　　清明时节，人多出行道路，踏青扫墓，各任其事。依古贤诗意，此际万物更新，风色正好，所谓春意盎然。然而天气乍暖犹寒，形神亦有不易安排处。况我当年朋侪，今皆鬓发斑白，尤当珍重，以养身心，以成夙志，以期寿考，以慰亲友。谨录多年前清明诗一首，若奉一瓣心香。

　　　　三月北疆春尚寂，初阳商略阴晴。

　　　　黄河天际蕴书声。

　　　　东风开绛帐，宝树满阶庭。

　　　　指点前朝形胜事，人间柳眼鸥盟。

　　　　啸歌载酒且徐行。

　　　　妖娆莺语里，时日正清明。

临江仙·辉腾锡勒黄花沟

辉腾锡勒地处乌兰察布市察右中旗境内，其地形起伏绵延，池淖众多，水草丰美。雨季来临，群池潋滟，一望莽然平阔。原上有黄花沟，沟内石奇水清，春夏之交，鲜花盛开，风光旖旎秀美。山脊风口处，多置风力发电机械，阵列雄壮，风力劲健。

把酒前年新作赋，黄花烂漫曾经。

儿童纵马舞长缨。

百池频得雨，一望莽然平。

野径逶迤山气好，今来看燕听莺。

流波漱石若调筝。

云间风力健，天际草痕青。

潇湘夜雨·春雪

严冬去，春风起，瑞雪降，吉兆来。踏雪赋小词一首，调寄《潇湘夜雨》。以春雪犹如春雨，能知时节，可卜丰年故也。

借寓楼崇，闲书夜冷，当窗盈耳高风。

真如沙场挽雕弓。

弦未动，严天肃野；声一发，裂电惊鸿。

关心事，元宵灯火，划地摇红。

忽焉入梦，常行日用，居境游踪。

把奇文好句，罩以纱笼。

晨起见，琼花万点，全世界，素裹银封。

欢呼处，弥天瑞雪，犹自落无穷。

水龙吟·向日葵

吾乡田地瘠薄，乡人勤劳耕作，所获甚少。近年改种向日葵，家家丰稔，时在 2008 年。

有田五顷庄南，连年菽麦经营久。

似油雨少，挟风旱烈，夏春时候。

几度耘锄，汗流禾土，心焦童叟。

记肃霜夜悄，秋来点检，只落得，能糊口。

前岁易申为酉。

种新葵，遍于垄亩。

移栽沃灌，植培呵护，亲如腋肘。

黄蕊朝阳，青盘含玉，林林山阜。

更低垂大面，家家丰稔，介乡人寿。

水龙吟·嘎仙洞感怀

　　嘎仙洞是一个天然山洞，在内蒙古自治区呼伦贝尔市鄂伦春自治旗境内，位于大兴安岭北段顶峰东端、嫩江支流甘河北岸噶珊山半山腰的花岗岩峭壁上，高出平地约 5 米，洞口西南向，南北长 90 多米，东西宽 27 米许，高 20 余米。这个石洞即为著名的"鲜卑石室"，相传是古代鲜卑族人的发祥地。"嘎仙"是锡伯语"部落、故乡"的意思，是鄂伦春语"猎民之仙"之意。这座古老的洞穴，揭示着中国古代东北的少数民族之一鲜卑族先民的原始生活印记。

侵晨一缕曦光，犁开滂沛征行路。

长吟辞却，依稀篝火，朦胧草树。

逐鹿峰崇，牧羊泽远，朝朝暮暮。

任雷行沙起，霜堆雪满，男儿志，肯轻负。

伟业从兹起步。

与朋侪，并肩高皇。

金戈铁马，王图霸迹，群雄争顾。

河洛庄严，关陇险要，说来无数。

幸煌煌史笔，天惊石破，证冲霄句。

解佩令·更挥翰若骋良骥

贺贾永昕书展开展。

一从相识，频年契阔，羡春来，艺业超群美。

惭愧余词，也写入，大家营垒。

锦成围，看吟啸起。

东风四野，茅荆一坝，早安排，有情滋味。

洗砚名池，肯错认，龙蛇游戏。

更挥翰，若骋良骥。

望远行·春生襟袖

恭祝《大战乾元》书法展在赤峰开展。

龙蛇起舞，向素壁，字字方圆如斗。

摘星心事，缚虎才情，光照墨池笔皁。

暂放琴书，今日也停箫鼓，只叫风云奔走。

任高朋，围绕先生左右。

坚守。

乘兴最宜指点，把妙处，倾心相授。

倏然意通，欣然色喜，开朗豁然时候。

此际英金流长，红山峰远，应是春生襟袖。

羡九天霞彩，盈城杨柳。

念奴娇·辽上京

林东为辽代上京，现为内蒙古自治区巴林左旗旗治所在。其地山形水势，掷虎腾龙，阴晴变化，千姿百态。登高临远，指点旧时风物，想见当年胜概，良足叹喟。

吞天沃地，旧关山，惯见千秋风物。

潢水狼河凭筑就，当日严城高阙。

八部浑同，四方征战，洒尽川原血。

龙眉金龊，大辽时有雄杰。

怀古我亦登临，晴光何限，最是团圞月。

细数桃山峰尚在，清泪石人都绝。

双塔凌云，弦歌在耳，万马争先发。

承平词颂，男儿壮心似雪。

水调歌头·辽祖陵

银翼三千里，来看上京秋。

望中虎掷英发，真个我雄州。

是处云烟缭绕，多彩峰峦隐显，好景一时收。

道路休辞远，大邑且凝眸。

分黄叶，行曲径，向高邱。

龙门耸翠，荦确山石列貔貅。

盛世光华无两，北地情怀不昧，天地等沙鸥。

把臂从君问，终古几风流。

凤凰台上忆吹箫·林都春暮

一抹斜阳，半湾残水，晓来犹带轻寒，

任絮飘风细，伫立楼前。

生怕朦胧树色，春事尽，泪也阑干。

凭谁问，山花落未？燕子依然？

拳拳。

漫夸语俊。当盛意殷勤，莫赋离言。

又梦魂牵绕，萦念乡关。

唯盼明年重会，酬夙志，终日流连。

流连处，文章道德，绿水青山。

满庭芳·端阳前一日作于牙克石

晓雾如烟，清寒似水，客中忽又端阳。

绿都春晚，袅袅柳丝长。

此际乡园物候，流莺啭，乱煞年光。

双双燕，殷勤软语，振翼过东墙。

堪伤。

空怅望，山长水远，归路茫茫。

漫河畔青青，新艾飘香。

憔悴何妨痛饮，听翻奏，悲管清簧。

销魂处，安排纸笔，乘醉写龙骧。

喜迁莺·春日访鸡鹿塞

　　鸡鹿塞，古代北方著名塞口，据云王昭君与呼韩邪单于曾出入此塞。李璟亦有"细雨梦回鸡塞远，小楼吹彻玉笙寒"之名句。而今旧址犹存残垒，沧海桑田之感，系之断壁片石。草野则早接德音，塞上亦遍地牛羊。

春阳盈路。

共旧友新知，来寻高古。

天汉长城，屠申大泽，酝酿此间龙虎。

元狩甲兵关隘，甘露香花门户。

几片石，记沧桑痕印，凤凰毛羽。

佳侣。

并马归，人与月圆，解伴琵琶舞。

数世升平，兆民安泰，宇内细风柔雨。

草野德音犹在，塞上牛羊无数。

正英发，又南唐梦境，恩深尔汝。

千秋岁·乌梁素海

苇花飘砌，点点随心细。

苍鹭过，长鸥起。

弯环欣水远，俯仰怜峰异。

游戏倦，鸳鸯也向塘边睡。

一片凌霄志，无限凭栏意。

云水畔，桨声里。

纯真歌拂面，潇洒风牵袂。

休回首，青山满目泠然翠。

蝶恋花·乌梁素海

去岁花开花又落。

过蕊流英，缭乱闲池阁。

独立夜凉如病鹤，

至今能忆青衫薄。

飞絮一帘浑似昨。

浅恨轻愁，摇漾盈山泊。

举眼光华人寂寞，

楼头月上风犹数。

翠楼吟·三盛公水利枢纽工程

三盛公水利枢纽工程系以灌溉为主，主要用于调节水利，兼有航运、公路运输、发电及工业供水、渔业养殖综合作用的闸坝工程。其址在巴彦淖尔市磴口县。人称万里黄河第一闸。

激荡三原，排空万马，黄河落从何处？

金铺云水外，倩谁认、漠边尘土。

涛声若虎。

正霹雳西来，狂飙东注。

浑难豫，

鹜鸿腾踊，瞬间端绪。

控驭。

轻展良图，掣矫然鳞爪，节风梳雨。

拦河渠伟矣，傍涯涘，壮观如许。

葱茏草树。

更谷麦飘香，油葵遮路。

听天鼓，

满川欢忭，竞为龙舞。

好事近·岩画

阴山岩画，千秋文脉。乃我先民以割云刀笔辅以奇思妙想成就者。

卓荦我先民，耕牧从容收获。
却把割云刀笔，画阴山岩石。

图形循默重团圆，日月孕精魄。
举酒峰高人远，对千秋文脉。

满江红·访高阙塞

2019 年 7 月 11 日，为河湖联通事赴巴彦淖尔调研，踏勘黄河古道，途经高阙塞，小作登临，感慨深至，因成此词。结尾处，寄望乌梁素海治理成功，大羽图南，云腾风起。

八面来风，凭点检、世间英迹。

放眼看、原平海阔，日晶山立。

才忆拂云堆上下，便探高阙塞南北。

纵歌喉，思古发幽情，天深碧。

春秋远，沧桑易。

青石垒，牧童笛。

甚当时进退、盈亏消息。

且焕辉光成色彩，更生气象争朝夕。

待沧溟、击水起扶摇，抟云翼。

贺新郎·机上望黄河故道

为河湖联通，大引大排，解决乌梁素海和乌兰布和沙漠生态环境，与同仁乘飞机查勘黄河故道。词中所言名湖，指位于黄河故道乌加河沿线的奈伦湖、冬青湖等湖泊。所言乌加河，原为黄河支流，又名五加河，位于后套平原北侧、狼山山地南麓，西起太阳庙海子，即古屠申泽，东至乌梁素海，长约260公里，是黄河古河道，后因为流沙侵入和狼山山洪冲积致使河床抬高淤断，使主流南移。

此际真潇洒。

正追陪先生同道，巡飞原野。

曾入几家知暖热，模糊新篱旧榭。

但指点河山如画。

应笑从来夸眼力，甚高崇恰似尘埃者。

大境界，自然也。

茫茫九曲凭惊诧。

只沿途、名湖熠熠，最堪陶写。

想象乌加真玉带，成就联通佳话。

任活水、穿村入社。

河套古今佳气在，这豪情肯处当年下？

共勠力，襄其雅！

贺新郎·游兴安岭

天际烟岚吐。

对群山，松营桦阵，顿消残暑。

野草闲花盈道路，曾见冈龙土虎。

偏又向林塘观渡。

五里泉头谈笑饮，任当时，腹内鸣鼍鼓。

留影像，人三五。

平生心志痴如许。

艺歌诗，树滋兰蕙，几番风雨。

检点光芒成韵律，一片青青禾黍。

莫认是云奇波怒。

梦里兴安今已至，怕登临，难慰相思苦。

谁为我，说千古。

阮郎归·草原青春别意

草原儿女，置身大野长山，风高草茂，故其离合契阔，风格昂扬洒脱，不同于殊方儿女之临歧执手，泪下沾巾也。

锦衣绣带少年时。

春光才上眉。

长风吹鬓马频嘶。

离歌倾酒卮。

前夜雨，昨宵诗。

草原晨露滋。

更谁盛代唱芳菲。

极天鸿雁飞。

醉太平·乌兰察布采风

　　昔杜少陵《饮中八仙》有"知章走马如乘船"，写贺监醉态。而在内蒙古草原，酒余歌罢，健儿骑乘，英姿飒爽，吟鞭指处，随处逍遥，观其驰骋大野，大类于弄潮儿之立于潮头也。

乐听管箫。

风流舜尧。

长歌直入云霄。

任浮生渺邈。

原平马骄。

情深酒豪。

吟鞭随处逍遥。

看健儿弄潮。

风入松·原上兰芝

　　锡林郭勒草原有雄深阔大处，亦有兰幽莲洁处，此观游者不可不知也。

　　　　锡林原上有兰芝。

　　　　日日展幽姿。

　　　　春来大野东风软，凭摇曳、如在丹墀。

　　　　芳品岁华榜样，清标世道旌旗。

　　　　无穷景物眼迷离。

　　　　盥手写新词。

　　　　腾龙掷虎寻常事，等闲看，沙漫云垂。

　　　　且把心香十万，留呈雨径芹蹊。

桂枝香·元上都

锡林郭勒盟正蓝旗，元上都旧地，千里原平，弥望风清，而一川金莲盛开，香满天宇，弥漫襟袖。登临远望，男儿顿起雄心。

芳香郁烈。

正满目清新，花开时节。

眼底长原海若，日晶云洁。

乘风来去平冈远，任驰驱、蹄音休歇。

牧歌三复，遥岑数抹，我心澄澈。

访旧垒、豪情激越。

对百代名城，盛世车辙。

况有金莲万盏，一川争发。

中华兴起千秋业，好男儿、壮怀如铁。

射雕身手，凌空气象，古今都绝。

春风袅娜·咏胡杨

正青衣款段，日影天涯。

携浊酒，驻轻车。

爱根深树茂，三千华盖；枝奇干曲，十万龙蛇。

小叶如针，大还若掌，颜色平铺头上霞。

惯历秋霜共秋雨，终无妖媚比凡花。

都道今年风软，徘徊照影，流连久，塞草香沙。

长条美，断云斜。

涓涓弱水，渺渺寒家。

四顾苍茫，婆娑有态；几回落寞，宛转无邪。

边城远客，更情多似我，禅心已卷，旧梦偏赊。

庆春泽·居延海

叶胜黄花，霜重白露，行来一路秋深。

云外波光，蜃楼过了遥岑。

函关若令青牛去，更何人，陶写胸襟？

度金针。

笔意匆匆，夜色沉沉。

浮云聚散平常事，但苍苍苇近，袅袅烟临。

弱水三千，依然能润诗心。

化胡旧处青冥远，只闲鸥，飞遍长林。

莫歌吟。

遗恨孤忠，谁与相寻？

贺圣朝·临河感怀

桃蹊且作从容住，

莫扁舟归去。

人生三万六千愁，又几番风雨。

迎新辞旧，匆匆客路，

莫听歌征舞。

不如闲挂小帘钩，对浮萍飞絮。

贺圣朝·阿拉善广宗寺

当时杖履轻来去，竟从容留住。

半帘禅梦是江山，况漠风林雨。

青莲八瓣，寒泉几许。

有龙蛇相属。

人人都道转金经，问金经何处?

春暮包头送友人

边城浅淡阴，春晚晓寒侵。

雾断苍山伟，风还白水深。

重逢明日别，长忆此时心。

奉使高轩远，声清解语琴。

改旧句以写家山

近水流银曲，遥山拥翠深。

河湖均化育，鸥鹭每飞临。

清酒邀公意，长歌鉴我心。

醉余呼骏马，气象自森森。

遍城淺淡陰春晚曉雲浸霧斷
蒼山偉風還白水深重逢明日
別長憶此時心奉使高軒遠歡
清解語葉

春暮包頭送友人李嘯書於金陵

李　嘯　中国书协理事、楷书委员会秘书长
书《春暮包头送友人》见174页
180cm×48cm

海拉尔西山松林

最是西山夜，长身十万松。

雄风驱铁马，冷月斗天龙。

干老逾千尺，根盘竟百重。

年来江海上，念此荡心胸。

黄　河

澎湃注东溟，汤汤万里程。

断涛连海雨，挟浪御天鲸。

故有澄清日，终多婉曲情。

长歌逢盛世，鼓舞势铿訇。

游兴安岭步张力夫先生韵

草喜鹅黄浅，车行路转环。

登临驰野兴，歌咏动幽山。

凝重峰开府，轻灵树当关。

金莲能入梦，好挽客心还。

鄂尔多斯

连年夸跃进，今日过新城。

楼看三千尺，蝉听一叶声。

盈怀期雨润，扑面待风平。

此际江南路，温柔处处莺。

孟鸿声　中国书协理事、书法行业建设委员会志愿服务工作部副秘书长，山东省书协常务副主席、秘书长

书《海拉尔西山松林》见176页

138cm×70cm

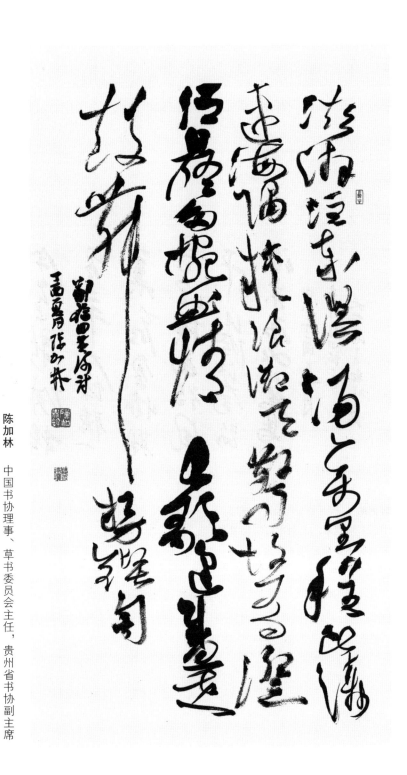

陈加林 中国书协理事、草书委员会主任，贵州省书协副主席

书《黄河》见 176 页

138cm×70cm

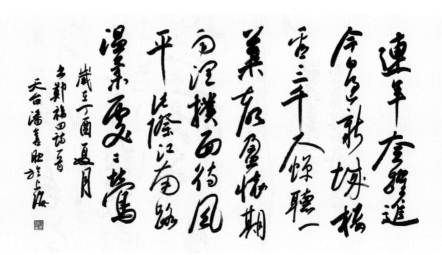

潘善助

中国书协理事、上海市书协秘书长

书《鄂尔多斯》见 177 页

70cm×138cm

咏乌兰夫八首

乌兰夫，曾用名云泽、云时雨，化名陈云章。1923年夏，从归绥土默特高等小学毕业，考入北平蒙藏学校，学习期间，与李大钊、赵世炎、邓中夏相与往来，深受影响，奋厉有当世志。

其 一

大青山畔现新光，河正冰坚夜正长，

九地应期时雨泽，嘉名故有好云章。

读书旧里澄怀抱，家国衷心起凤凰。

革命先驱良我友，相携此日作龙骧。

其 二

1925 年 4 月，乌兰夫与多松年、奎璧等人创办《蒙古农民》。1925 年 10 月，乌兰夫被中共北方区委选派去苏联莫斯科中山大学深造。毕业后留在莫斯科东方大学、中山大学进行教学翻译。1928 年 6 月，参与中共六大会议文件的翻译工作。1929 年 6 月，他坚决要求回国工作并获准。

乡邦遗训至今传，从古英雄出少年。

满把心香钦马列，一刊火种献新天。

留苏岁月鲜花美，问学青春赤帜妍。

击筑歌呼当日事，吾华重任在吾肩。

其 三

经乌兰夫等共产党人策动，爱国军人云继先和共产党员朱实夫带领蒙政会保安队于 1936 年 2 月 21 日在百灵庙举行武装暴动，打响了蒙古族武装抗日的枪声，被毛泽东誉为"可贵的草原抗日第一枪"。此后，乌兰夫帮助云继先和白海风将暴动部队改编为蒙旗独立旅。

东来寇盗普天暝，碎我金瓯入我庭。

一国人民同水火，九边草木肯娉婷。

且舒豪气凭只手，乍放春雷降百灵。

从容破贼英雄事，为报乡关品物荣。

其　四

抗日战争爆发后，乌兰夫担任蒙旗独立旅政治部代理副主任，并担任共产党地下党委书记，坚决贯彻中国共产党抗日救国十大纲领，为这支军队成为当时蒙古族中最大的抗日武装起了重要作用。1938年初，蒙旗独立旅开赴伊克昭盟。5月，蒙旗独立旅改为国民革命军新编第三师，乌兰夫担任政治部代理主任、共产党地下党委书记，并按八路军建制在部队建立了一整套政治工作系统，开展部队的政治思想工作和地方群众工作，使这支部队在极困难的条件下，长期坚持鄂尔多斯高原的抗日斗争。1939年春至1941年夏，配合第三师师长白海风指挥部队，多次击退日伪军对伊克昭盟（今鄂尔多斯市）的进攻，保卫了陕甘宁边区的北大门。

鸣沙大漠洗弓刀，猎猎长风卷战袍。

保国真能称国士，仰天曾不愧天骄。

花开此日英华远，人在当时道路遥。

浴血干城功绩在，延安宝塔耸云霄。

其　五

　　抗日战争胜利后，乌兰夫致力于内蒙古民族自治运动。1945年10月，他成功解决了"内蒙古人民共和国临时政府"问题。1946年成功地召开了在内蒙古革命史上有着重要意义的"四·三"会议，撤销了东蒙古自治政府，为建立统一的内蒙古自治区奠定了基础。1947年4月至5月，成功召开"五·一"大会，胜利宣告中国第一个少数民族自治政权——内蒙古自治政府诞生。他为形成多民族大团结的群星丽日般的局面做出了杰出贡献。

驱寇功成不自居，奔波辛苦未稍疏。

国家统一千秋始，民族和谐百事初。

花好月圆开境界，霜晴雨霁走舟车。

江山最是承平美，更对群星丽日如。

其　六

　　在国家三年经济困难时期，乌兰夫把江苏、浙江、安徽等地三千多孤儿接到内蒙古，抚养成人，诠释了人间大爱与草原人民的壮阔情怀。

饥渴当时满道途，况兼儿女弱而孤。

衣衫尽解怀中旧，奶粉全分帐下酥。

呵护要如亲母子，关心真似小於菟。

草原辽阔云飞远，眼底三江共五湖。

其 七

三年经济困难时期，乌兰夫把老舍、梁思成等人，接到内蒙古来"抓膘"（在北京吃不着东西，到内蒙古让他们吃饱、吃胖再回去），传为佳话。表现了他与众不同的情怀。

君有鸿章并伟辞，流风余韵亦旌旗。

虽逢国运艰难日，未是人心浇薄时。

十步崇文迎胜友，三餐待客献膏糜。

抓膘莫认寻常事，击水鲲鹏大翼垂。

其 八

乌兰夫创建乌兰牧旗，丰富人民生活，展示草原文化，歌颂人民中国，祈祝草原吉祥。

春风拂鬓彩云飞，六尺名骄锦绣衣。

曼舞婆娑逢盛世，长歌激荡向朝晖。

马头琴好深情永，敖包山高健足威。

友月交风天作帐，为祈草盛马牛肥。

夏日过青冢

回风舞土早凉时，萧索何人共酒卮。

日下前程知道路，云间往事染旌旗。

分君梦寐春犹健，湿我衣衫雨较迟。

从古明妃形貌好，忘身出塞小须眉。

秋日过青冢

塞草连天绿间红，明妃陵墓古云中。

和亲往事垂书史，延寿当年止画工。

旧雨荆门山影独，新知毡帐鬓风雄。

来瞻杖履襟怀远，轩畅庄严庙貌崇。

犁烟破雾

2006年秋，乘飞机赴北京，北京大雨雷霆，不能降落，返回呼和浩特，一路颠簸，如是者再。

犁烟破雾去来虚，何处长安帝子居。

乱定游人争鼓噪，惊余侍者减吹嘘。

风雷际会徒为尔，云水浮沉总忆渠。

夜半传呼声势解，三飞铁翼雨晴初。

贺中国少数民族文学馆奠基

文馆煌煌此肇基，和林新校凤凰池。

除尘应谢飘零雨，贺喜还吟烂漫诗。

九万云程来远客，三千羽燕上青枝。

民族瑰宝呈奇彩，正是深红翠绿时。

内蒙古师大盛乐校区星斗园

群花灿若众星明，稚柏森然作斗横。

活水回环真画卷，流云往复好书声。

感君方寸经营力，抒我人天化育情。

海运培风鹏翼展，斯园依旧小清荣。

咏内蒙古体育馆

会有欢呼动海潮，新成巨馆气方豪。

从知北国香茵软，未逊南边碧树高。

鼓角连云催骏足，旗旌卷地阅神鳌。

中华崛起千军奋，儿女长空万羽毛。

和友人《忆归绥》诗

捷报长亭接短亭，当年飞骑插红翎。

霜侵白道边风烈，日下金川塞草青。

战罢回眸三匝树，吟余弹指一周星。

英雄老去儿孙远，点染春光满画屏。

内蒙古大学桃李湖

湖称桃李水潺湲，辜负诗书爱自然。

曲径每因春树隐，快谈常与早梅妍。

几时断梦愁长夜，是处无心看少年。

童子喧呼篱外路，一庭春草碧于天。

春日过托克托县河口镇

轻车一路指云中，遍野蓬蒿遍野风。

知李将军能射虎，遣冯都尉胜飞鸿。

迎来旧客新城北，流去黄河古镇东。

鱼欲成龙休点额，人民依旧远山崇。

由呼和浩特至包头途中隐约闻雷

一条高速贯呼包，榆老枝疏鸟作巢。

日照园田蒸地气，河开凌水绕村郊。

望中欲见营营绿，眼底偏多淡淡茅。

隐约轻雷天际动，怡然喜色上眉梢。

刘洪彪　中国书协副主席，中国人民解放军火箭军政治部文艺创作室副主任、火箭军美术书法研究院副院长

书《春日过托克托县河口镇》见189页

138cm×70cm

柯云瀚　中国书协理事、行书委员会委员，福建省文联副主席，福建省书协副主席、秘书长

书《由呼和浩特至包头途中隐约闻雷》见189页

138cm×70cm

赠友人

友人图南，时余游梅力更保护区，赋以赠之。

飞来何处凤凰英，俯瞰峡深涧水清。

五指涛波双眼活，三山石树并根生。

云间白日愁长路，岭表青春待远征。

一语赠君君记取，相期湖海践鸥盟。

小饮清谈

包头逢旧友小酌，时沙尘暴起。

小饮清谈又一楼，压云沙阵吼群牛。

扬尘扑面金妆色，有女当街锦裹头。

十里扶摇倾绿树，三城历略舞红绸。

浮兄大白听兄语，莫忘民生莫释愁。

岗德尔山望乌海

长河如带此山西，雾色岚光看欲迷。

眼底三城开凤翼，云间一路走龙蹄。

平湖已画澄怀水，高岭方兴博物梯。

大日精芒书正好，天骄造像与天齐。

乌海赠友人

春风桃李缔诗盟，把臂年来几送迎。

每对民生思旧雨，常临月色鼓瑶筝。

迁居许入春秋史，爱众从知道里名。

钦敬人文三致意，法书明日满边城。

忆赤峰

赤峰旧城朴厚，新城朗润。倚红山而临大川，山形水势，甲于一方。英金河于史上有大名焉。

半城厚朴半城新，十里联廛迥绝尘。

襟抱红山腾瑞彩，街衢白马驻祥麟。

能尝百味知荞苦，为有群书守我贫。

眼底繁华风色美，英金从古是名津。

赤峰早春

春到良原，地气熏蒸，野马尘埃，飘忽来去，满川缭乱，有如天吴紫凤，颠倒短褐。赤峰之红山文化，影响深远，不但所辖翁牛特旗境内之玉龙独称绝代也。

东望红山体貌殊，我来风卷野云孤。

鹅黄柳漾垂金带，雪翠池开涌绿珠。

八面平畴蒸地气，满川紫凤衬天吴。

心花要献文明远，非但猪龙绝代无。

乌 丹

乌丹系翁牛特旗治所，距吾家几十公里，乡俗乡音，已自无殊。唯吾家属西部农区，旧时生计更形困难。十年九旱，年年吃饭，田亩只宜种谷麦菽麻，且为望天收，语所云"种一坡拉一车，打一笸箩煮一锅"者是也。而乌丹向东，海拔低，水脉浅，沟渠纵横，气候较西部不同，所种稻谷，年只一季，因之营养丰富，大受欢迎。

乌丹道路近余家，五月重来满镇花。

听雨楼高清夜永，学书纸好晓云斜。

东乡有水堪营稻，西地多山也种麻。

一自着鞭心万里，要传捷报向天涯。

翁牛特海日苏

海日苏，翁牛特旗之东部乡镇，景物有特色，沙水漾田畴，江南之稻，生于此地，郁茂葱茏，实坚穗大，令人心动神怡。而此地牧民兄弟待客，奶茶醇酒，羊肉沙葱，风味独特，情意真挚。

七月归来垄上行，西山草茂北山横。

垂杨叶爱临风细，过浪沙看漫水清。

稻种江南今塞外，香飘岁尾始春正。

奶茶好味从容赏，一盏寒温万里情。

大板道中

大板系赤峰巴林右旗治所，远山跌宕磊落，跳掷变幻。而十里原平，中天云淡，燕麦有铃，菜花遮路，青紫缤纷，怡心悦志。其地所产巴林石，以不可多得，世人珍之，逾于紫芝。

古镇山形磊落姿，或如虎掷或龙驰。

原平十里峰还抱，云淡中天日转移。

燕麦有铃悬自在，菜花遮路艳迷离。

神京拱卫巴林右，奇石于今胜紫芝。

疙疙豆

团面橙鲜米色新，轻揉慢擦力须匀。

掌中吐纳方盈寸，釜鬲飘摇已若鳞。

尽有膏粱供上国，岂无瓜豆养平人。

昨宵至味深深梦，慈母当年老病身。

端午忆往

　　端午节，是一年中最重要的节日之一。我们小时候，按家乡风俗，晨起即随着大人进入山陬水曲，踏露当风，采来艾蒿，满把盈筐，悬于门首，有时也馈赠给亲友们。于是，这一天，家家悬艾草，户户飘香气，人们说，这样可以强身体，祛百病。端午前后天气炎热，往往有瘴疠毒虫，侵人害物，于是儿童女子，多把五色丝线结成缕，系在手腕上，以此来离瘴远毒，保爱身心。此时北方大田新韭方熟，早些的是二茬韭菜，晚些的是头茬，用农家带着些土味的腊肉炒着吃，如果再有些自家现做的豆腐，放进去一起炒了，奢侈一些的再烫上一壶土酒，陈年的，简直是神仙过的日子了。到这一天，人们往往想起白娘子和许仙的故事来，孩子们也有一些饰物，不过是因地制宜，因陋就简，做个荷包，装点黄米，或者把爆了花的玉米粒子和秫秸秆串起来，等等。吃粽子是一定的节目，至于屈原、龙舟，当时北方偏远农村的人，庄稼人，知道的不是太多。现在年龄早过了花甲，知道的事情多了，心情却也复杂得多了。

　　插艾当时满道途，丝绳五彩系儿躯。

　　尘香腊肉兼新韭，曲味乡醅只旧壶。

　　戏演白蛇人借伞，囊盛黄谷豆穿珠。

　　也将竹叶包黏米，画里灵均得见无？

故乡静夜

银河一夜洗严兵，抚鬓风来弄水声。

已觉星垂襟袖重，未疑树老地天平。

人知肝胆良琴瑟，我友诗书善鼓筝，

往复殷勤凭寄托，三朝千里是归程。

故乡公路

秋高塞下烈风吹，过眼杨榆展旧枝。

公路朝铺砂石大，我车暮入夜灯危。

星平河汉深深宇，客倦江湖淡淡诗。

卅载青春归白发，严亲福寿喜生眉。

壬午岁末回乡感赋二首

其　一

鸡鸣袖手立冬寒，风物萧条照鹖冠。

似水繁星天上有，如钩淡月树中看。

怀人敢恨春波短，忆往能期旧雨湍。

负笈吾今千里外，福来最大是平安。

其　二

数载风尘一日回，家严闻报两眉开。

族人旋聚灯光下，邻里争携土物来。

小径明晨须探访，天津此夜可徘徊。

红泥涯浃应无恙，游戏当年筑将台。

岁末思乡寄友十首

其　一

卖花人在晓阴中，大野遥知白雪蒙。

事业休闲青翡翠，生涯漫老碧梧桐。

从徒王谢车犹水，负剑苏张气似虹。

喜报东风无远近，春原良马认骄骢。

其　二

前时瑞雪送残冬，磊落南窗破晓钟。

皎月连年圆复缺，素情终日淡还浓。

冰开河水三千里，心系关山九万重。

玉宇回春新气象，与君俯仰看云龙。

其 三

星寒天际影成双，烂漫诗情到琐窗。

未许南边孤竹老，应怜北鄙两眉庞。

民人笑我乏新意，桃李知君恋旧邦。

挥手风平云浩渺，观鱼明日过春江。

其 四

辛勤不逊荷锄犁，夜半灯青琢旧词。

梦里繁英杨柳岸，镜中短鬓凤凰池。

唯君共我能知己，念子离乡可问谁。

冬尽春来消积雪，平畴看取望天葵。

其 五

云浮隐隐绕京畿，更有红霞片片飞。

家国新春开四面，乡园乔木长三围。

中年漂泊仍游子，白雪颠连故岭衣。

今日相逢明日别，东风无赖送人归。

其 六

曾随狂客怨车鱼，高下空谈几卷书。

气概已消章句上，精神不比马牛初。

无边快乐春生脚，有味牢骚楚接舆。

远处花妍君且去，蓬头老子守园蔬。

其 七

来去翩然若雁凫，抛闲千里小龙驹。

春生衣袖人难老，云在天涯道不孤。

除夜霄深呈翡翠，平明室雅饮屠苏。

半生倦做风尘客，四海为家久矣夫。

其 八

断续烟花乱晓鸡，城乌一夜竟何栖？

钟鸣自是强华夏，鼎盛由来重庶黎。

雪化涓涓肥沃土，风和历历润春泥。

侵晨惯向楼头望，好把清光做品题。

其　九

春阳亭午暖榆槐，童子喧呼动满街。

鞭炮只分单箇放，瓶花特许对枝排。

坐庄调主难眠夜，走马迎神可畅怀。

往事乡情如梦寐，年来诗酒累形骸。

其　十

偷闲半日试新醅，远客来经电信催。

拱手三番推就座，开心一刻笑成堆。

春当何限江河水，知也无涯草木灰。

鱼乐连延忽落寞，待新万象盼轻雷。

感事呈刘国范先生

　　刘国范先生是广德公中学校长。广德公中学是我的母校。1994 年秋冬之际，刘先生来呼和浩特参加教育厅主办的校长培训。我写了这首诗送给他。这里说的红叶荒林，是内蒙古西部之典型秋景，也是到了中年的我当时的心态。那时我和我的朋友们常常痛饮，自己还将闻一多先生的痛饮酒熟读《离骚》方为真名士挂在口上。偶有闲暇，我也会骑上自行车去看那份秋景，去体尝那份衰飒与分明的大气。这里说的"坐春风"，是一个用得较多的典故。宋朱光庭见明道先生程颢于汝川，归语人曰："光庭在春风中坐了一月。"后来，弟子称师父善于教育常说如坐春风之中。我的家乡所在的广德公公社，处于少郎河畔。那地方是一条大的山沟，因有少郎河流过，人称少郎川，大多数乡人称其为"大川"。少郎川东西走向，由广德公向南，翻过一道山梁，是一道小山沟，在这沟里有两个村子，一个叫头道沟，一个叫头道沟门；再向南也是一道小山沟，在这沟里的村子，一个叫二道沟，一个叫二道沟门。再向南又是一道小山沟，在这沟里的村子，一个叫三道沟，一个叫三道沟门……我家就住在三道沟。我第一次见到刘国范先生，好像是在 1966 年一个秋末的晚上。那时刘先生正在乌丹一中读书，或者是刚刚毕业，利用假期回到家乡来做文艺宣传。那天晚上，他给我们演出，他吹得一手好长笛，也会唱歌，让我们这些未见过世面的孩子们听得如醉如痴。至今记忆犹新。而他那份在我们当时看来十分潇洒的风度，也让我们梦里惦念了好多年，至今仍在心头，拂之不去。连那天晚上的月光，也深深地刻在我的心里。我第一次见到刘国范先生时，他穿一短棉袄，好像腰上为防寒，还扎了一布质的腰带，像当时农村的人们一样。但我仍然觉得他与众不同。现在回想起来，如果让我说清楚，那应该就是因为刘老师身上有一股掩抑不住的秀逸清奇之气的缘故。内蒙古人喝酒要唱歌，不但要听别人唱，还要自己唱，而且只有自己唱了才过瘾，才有味道与情绪。酒酣耳热，恣意歌呼，将自己所有的情绪做一发抒，也做一收束，何其快哉！这次刘老师来，我们聚了好多次。送刘老师那天的酒席上，我不会唱歌，却唱了歌，当刘老师执手叮咛时，我流泪了，我忘记了王勃的"无为在歧路，儿女泪沾巾"了。

红叶荒林载酒行，当年几度坐春风。

沟深四道成心画，云满一川听水声。

月落长箫家国泪，尘生短褐故人情。

高天厚地盈歌曲，执手临歧意纵横。

长河如带出西霧色岚光看簝
眼底三城闲层翠云间一脉走龙
蹄平湖已畫淡侬水为颜方兴侍
物梯大日精芒霍正好天骄造像上
天齐 郑泊田 岗德尔山望乌海

丁丑季夏书于长安 张红春画

张红春 中国书协理事、陕西省书协常务副主席、陕西省青年书协主席

书《岗德尔山望乌海》见 193 页

138cm × 70cm

前時瑞雪送残冬，磊落庭南晗破晓鐘。
晗月連年圓漢鼓，素情從日漾邊濃。
河水三千里心繫四九。
蒼垂玉宇回春，新氣象多與俯仰。
看雲龍

鄭福田先生詩 書力書

李 力 中国书协理事、内蒙古书协副主席兼驻会秘书长

书《岁末思乡寄友十首 其二》见 200 页

138cm×68cm

故乡印象八首

我的故乡在赤峰市翁牛特旗的一个偏僻的山村。我写八首诗，记少年时故乡印象。用杜甫《秋兴八首》韵。

其　一

第一首，是写从我们村里到菜园子的路上，村里每家都有一个小菜园，沿着小河两岸分布着。河边的地少，菜园子有的近些，有的远些。小河水流过，两岸是不高的山坡，坡边涯埃上有的地方有红土，可以做成火盆等器皿用，河里偶尔有白石头，说这石头可以证初心，是现在才有的想法，所谓心如磐石，当时可没有这样的表述。接着是常看到的景象和想法，乌鸦可以分好坏事儿，蚂蚁搬家可以预报阴晴，柳树可以隐藏一种小鸟，叫串树鹂儿，晚上在窑洞里看园子可以就着油灯读书，可以和我三爷爷大声说话，告诉他一些村子里发生的事儿。因为他老人家耳朵聋，小声说听不见，在村子里又不能老是大声喊。

南山田亩北山林，一脉清溪岸柳森。

在树飞鸦鸣好恶，迁巢走蚁认晴阴。

红泥耐火烧成器，白石当流证作心。

最喜晚来园屋静，孤吟时起掩暮砧。

其　二

　　第二首，是写我们小时候。五彩的东西是白天看的，晚上看，什么都是一个色，灰秃秃的。家里有黄米吃，味道好极了，真是和现在有不一样的感觉。古代的东西没人讲，也不会，会的那一点儿，基本上就是从大鼓书上听来的，但忙着吃饭，填肚子，没人说古论今。不过，邻居家小朋友一发出动静，周围的小孩们马上都出去了，占山为王，抢地盘，争胜负，打得一塌糊涂，玩得昏天黑地。回来满身土，满脸花。极端快乐，根本不用读书，哈哈！

暮色深浓月影斜，斑斓物象渐无华。

当前好味蒸黄米，论古何人记汉槎。

忽有邻童传号令，犹如军阵起征笳。

称王做霸男儿事，赢得头蓬满面花。

其 三

　　第三首，是写我们小时候上学的情景。我家是生产队所在地，离高小所在地，也就是大队所在地有四里地，我们每天步行去上学，经过一片树林，都是杨树，因为雨水少，长不高，都是小老树，矮矮的，不成材。不过，这树林，早上挂着朝阳，晚上挽着夕阳，对我们也很友好。在林中看山，微微露出一抹青色，很好看。偶尔有马车经过，赶车的人往往很骄傲，会甩起鞭子，让车疾驰而过，溅起地上的尘土，也惊动树上的鸟儿，扑棱棱飞起，掠过我们的头顶。同学们一起上学，很友好，也很快乐。如果谁有闲书，就一起借着看，尽管有的同学比较狡猾，会难为一下借书的人，但最终还是一起分享。上学回来，走到村东头的水泉边，如果累了，或者有话说没说完，就歇一歇，一起看哪个叔叔衣服好，哪个人出门去走亲戚回来、穿得整整齐齐的，好看但有些别扭，哈哈！板板正正的，多累呀。有时也看谁家日子过得好，谁家过得不着调，谁家的猪肥狗好，谁家的狗比较恶一些，如此等等。

曾挂朝晖与夕晖，荒林树矮远山微。

辙开野径长鞭响，蹄溅浮尘宿鸟飞。

携手行时堪共语，得书读处不相违。

闲来也向溪头坐，指点衣鲜犬马肥。

其　四

　　第四首，开头写的棋是农家常玩的五子棋和所谓的憋死牛。做农活休息时，在田边画地成棋盘，捡来石头子儿作棋子，就可以下了，所谓就地取材。胜负是常事，谁也不在意。农村最累的活儿是打墙，用土夯筑墙壁，俗语说"打墙的板儿翻上下，没有长贫久富的人"，说的就是这个打墙。草木花卉，逢时而发，是常理，是庄稼理儿。小河里有鱼，有时鱼会跳一下，扑楞楞的，激起水花儿，泛开波纹儿，越来越远。过节日放爆竹，也是孩子们的大事儿。想一想家乡的这些好处，真是忘不了，让人浮想联翩。

田头画地即成棋，得莫欢欣失莫悲。

版筑墙垣翻上乘，萌生苗木待明时。

跳鱼出水縠文永，爆竹经天日月驰。

为报吾乡佳气在，孤灯寥落起遐思。

其 五

　　第五首，我家乡附近有南山和西山，人们把它们叫南敖包和西敖包。南敖包山体没有西敖包大，但是陡一些，样子也不如西敖包规则。西敖包山体绵长，两边均衡，像一个大括号，样子十分好看，我小时候觉得附近的山都不如西敖包好。当时衣服少，春天、秋天、冬天都觉得冷，吃的东西也比较匮乏单一，但也没有人埋怨，叹息的人也少见。我们搂柴火，从山上挑着百多斤的担子下山，不敢停下来，停下来就怕挑不起来了。真要有坚持，真像过险关一样考验人呀！庄稼人，一年四季很少有闲时，冬天也要搂柴捡粪，经营诸务，但其乐融融，因为责任感，因为全家上阵。收获时，喜气洋洋，快乐无与伦比。一年一年的，庄稼成熟了一茬接一茬，人的头发渐渐地斑白了，所谓岁月不饶人呀。

常记敖包梦里山，林疏草浅两相间。

衣寒未恨无兼味，担重真如过险关。

种作有家皆戮力，收藏无处不欢颜。

频年好景催人老，相看归时鬓已斑。

其　六

　　第六首，写我们村子东面山坡上的水泉。这个水泉是暖水泉，冬天不冻，泉水甘冽，非常好喝。它日夜流淌，滋润着这片土地，这个村庄。大家把它看得很神圣，很爱惜它。一年四季，人们都感它的恩，托它的福。过春节，人们把各种庄稼种子放在泉水里观察，以决定当年种什么。泉水流下去，汇入小河，小河往下流，或者流出一个清清的小潭来，可以供孩子们玩耍，可以供小鱼们居住游戏，还可以照见人的影子，太阳、月亮、星星的影子也能照得见，连彩虹的弧线也照见过的。河水流下去，弯弯曲曲的，从高处看，宛如一条银色的彩带，系住我们的乡愁。这条河，给我们很多的记忆，我们用蚯蚓作饵，钓过小鱼儿，在河边做过好多游戏。现在，泉水干涸了，小河水也干涸了，虽然让人遗憾，但是听说和我们一起长大的亲友的孩子们都很出息，全国好多地方都有，这真是让人高兴的事儿，于是，老朋友们相聚，一个话题，就是让人骄傲的孩子们。

流泉不冻土坡头，日夜潺溪夏复秋。

直落清潭腾瑞彩，曲环素练系乡愁。

也曾捉蚓成新饵，未便偷闲忆旧鸥。

肯向人前言往事，亲朋子弟遍神州。

其 七

    第七首，写乡村老人们。农家的事儿，看起来简单，实则真有学问。我曾开玩笑似的说过，农村人学城里人不容易，城里人要学农村人更不是容易的事儿。农家父老是有真本事的人物。你看，一年四季，二十四节气，春种夏耘秋收冬藏，大的不说，就说细微处，真是千头万绪。但老人们安排得妥妥当当，而且安排时，那样的胸有成竹，有条不紊，令人由衷佩服。看天气，尽地力，依农时，齐风俗，睦邻里，教子弟，树家风，养正气，大而至于弘扬节守，报效国家，这些都在朴素的言传身教中进行着，完成着。就说打场这样的小事儿，你看，这里面的智慧，自己站在中间，让马拉着碌碡转，自己如如不动，得其环中，是何等的有意思呀。在农村老人们眼里，春天禾苗遍野，秋天谷麦实遂，何等快意，何等有成就啊！此时举一杯醇酒，就几碟小菜，儿孙绕膝，家国平安，真是神仙滋味，恐怕神仙也要美慕了。这快乐，令人开颜，恐怕连不倒翁也要笑个前仰后合了！

父老农家有异功，从容诸事得环中。

瞻天要占三时利，据地应调八面风。

春早苗嘉平野绿，秋深穗重漫天红。

擎杯膝下儿孙绕，笑倒人间不倒翁。

其　八

第八首，用农村最热闹的跑灯会来作这八首诗的收束。跑灯会，一个跑字是关键，村子里，不论有多少家，也不论富贵贫穷，每家都要去光顾一下，去表演一下，于是，就跑完了东头，再跑到西头，还要扭起来，哈哈，累着，快乐着。大人小孩，演的看的，跟着瞎跑的，到处捣乱起哄的，人人心里高兴，人人自己顾自己，人人又都看别人，外人看里头的，里头的看外人，就是个地地道道的狂欢节。好多男孩儿、小伙子扮成女子，头上戴上凤钗，身上穿上绣花袍裙，好看得很。锣鼓声音喧耳，孩子们看得如痴如醉。要是有高跷踩上，一步一摇，一步一摆，彩袖舞起来，扇子耍起来，角色逗起来，把人快乐到云彩上去了也。

> 手举花灯列逶迤，东街扭罢扭西陂。
>
> 心含快意超甘旨，头顶长钗袅凤枝。
>
> 锣鼓由他声不住，孩童看我脚难移。
>
> 从来热闹元宵好，一上高跷彩袖垂。

元旦即事四首

其　一

飞鸿踏雪记沧桑，文字经年过万行。

心底阳春花满树，望中大美谷盈仓。

读书好境晨昏永，积善高情日月长。

为祷家严金石寿，深宵濡墨写吉祥。

其　二

寒空清碧镜初磨，风剧如刀可奈何。

木叶山头摇旧草，少郎河水冻流波。

重回睹物情无限，一去关心泪几多。

赖有亲朋交谊好，寻常鸡黍作新歌。

其　三

十载相携共献芹，五湖四海溢清芬。

劳君聚智成高议，许我瞻天接远云。

虽处囊中凭检阅，未因望外任悲欣。

此情皎若天边月，盛世驰驱看虎贲。

其　四

银杏云南过短墙，福州饮水味偏长。

西泠韵致来时雨，吴越风华去后舻。

千古诗魂鸡鹿塞，几人行迹大宛堂。

心花早献文明远，桦背横空咏旧章。

题李俊义君《赵玉丰年谱》二首

李俊义君为人忠厚朴重，出身中医世家，近年为乡先贤赵玉丰氏作年谱。年谱体例谨严，事理条畅，表彰揄扬，翔实有徵。书成，俊义请予为数语以弁其端，因成七律二首应命。

其 一

乡邦文物最清荣，书室泥莲负盛名。

玉润青州生塞北，香飘奚地奉春正，

烟云仆马茅荆远，禾黍山川木叶横。

自是黄金台上客，当时无路请长缨。

其 二

雕龙莫认作雕虫，凤志萦怀发未童。

每检遗文明业迹，还援近史证诗丛。

悬壶家世宅心永，洗砚生涯气韵崇。

依圣自期今日事，九方青目百群空。

库布齐七星湖

手种成林岸柳高，当风苇叶亦萧骚。

马兰带露呈新色，水榭朝阳炫紫袍。

波上白鸥飞掣电，天边沙线峭横刀。

七星湖畔从容立，敢令黄涛作碧涛。

呼伦贝尔草原

此诗写呼伦贝尔大草原。时呼伦贝尔有大型实景演出《天骄——成吉思汗》，而其城市精神是八个字：博大、至诚、和美、共赢。

谓言原上有明珠，七月游人满道途。

神骏嘶风云织锦，遥山叠翠水平湖。

万家一夜观新舞，八字盈城起壮图。

好景年年夸秀出，今来草色世间无。

胡秋萍　中国书协理事、草书委员会委员，中国国家画院研究员

书《呼伦贝尔草原》见219页

138cm×70cm

鞠闻天　中国书协会员、内蒙古书协副主席
书《呼伦贝尔草原》见219页
138cm×70cm

海拉尔河喷泉

剑指中天气势豪，团花涌雪两相高。

一峰闪烁龙鳞甲，七彩追攀凤羽毛。

影照红楼诗意象，风行青鉴画波涛。

君看此水犹凡水，曾向流云顶上翱。

海拉尔世界反法西斯战争纪念园

长烟坏壁掩旗旌，盈耳呼声逐炮声。

满馆图文铭战乱，周山草树爱时平。

吴王枉筑千寻锁，倭寇空余几里城。

珍重人间佳气在，刘郎才调大江横。

冬日机上望海拉尔

才坠斜阳色便殊，深红淡碧两模糊。

渐开软絮铺云路，始上疏星散玉珠。

雪岭连延行处险，冰河断续看时无。

几家灯火虽多事，肯把青春作远图。

车入呼伦

车入呼伦意象侵，清风况又解吹襟。

行看一水流银曲，去住三旗拥翠深。

为有河湖长化育，遂教鸥鹭每飞临。

牧歌唱向青云里，检校龙文证素心。

巴彦淖尔乡间

旧云黄河百害，唯富一套。巴彦淖尔市属河套地区，农业发达，人民富庶。当葵黄麦秀、鸥鸟翔集之时，徜徉于田间垄上，看一原土沃，二水环流，感受盛代风光，斯诚人生乐事。

万面葵黄麦秀齐，苍榆沙柳护东西。

一原土沃三千里，二水流环百丈堤。

小径民人歌自在，长滩鸥鸟啭离迷。

我逢盛代开青目，大日光芒四野低。

鲖指中天气势豪 团花漏雪更相高

一峰闪烁龙鳞甲 七彩追攀凤羽毛 影照

红楼诗意象 风行青鉴画波涛 君看

此水犹见水 曾向流云顶上翻

郑福田温拄东河喷泉

丁酉夏日于城东河畔水一方居 濩生

吴　行　中国书协理事、楷书委员会副主任，河南省文联副主席，河南省书协副主席

书《海拉尔河喷泉》见 222 页

138cm×70cm

車入呼倫詩象侵清風涼又
解吹襟巧秀一水涑銀也去住三
旌擁翠深有多河湖長化育遂
教歐鷺安忍臨牧歌唱向青雲
裏検校龍文詮素心丁酉夏月錄
郑福田七律車入呼伦 郑歌平

郑歌平　中国书协理事，宁夏文联党组书记、主席，宁夏书协主席
书《车入呼伦》见 223 页
180cm×97cm

额尔古纳湿地

不言桃李下成蹊，终古高梧有凤栖。

每上长原风浩荡，才临湿地草离迷。

柳高夹岸藏鱼阵，水曲当空印马蹄。

一唱牧歌天阔大，晴光烂漫远山低。

额尔古纳白桦林

缟衣素面向天涯，顶上轻阳照若纱。

淡雅连风真宋调，堂皇列阵果吴娃。

一襟雨雪斯人远，四季山川此梦赊。

疏秀分明称绝代，凌云气象最高华。

过扎兰屯

屯号扎兰景物真，郊迎执手感斯人。

吊桥草色团新紫，断壁烟光掩旧津。

半日流连清酒好，一番酬唱好歌陈。

人间多少光明夜，乔木成围拱月轮。

登兴安岭赠印乐禅师

印乐禅师，佛法精深，为人行事，谦和恬静，有古德风。来内蒙古考察，余幸获追陪。禅师主持之白马寺，地位殊特，香火旺盛，济世惠民，善行多多。

雨霁云垂意态严，登临况复到峰尖。

排空石乱僧衣软，遮路林深塞草纤。

飞锡今谁生羽翼，驮经昔圣历乌蟾。

滩头一片含冰水，也伴梵音绕旧帘。

登兴安岭赠黄信阳道长

北京白云观主黄师信阳来内蒙古考察，余追陪之次，每多执疑扣问，师解说周至，言词娓娓，每有胜义出。

仙凡境界自云泥，秋树君来凤鸟啼。

事有缘头连海岳，心无涯涘到山溪。

欲攀丹桂青霄路，肯恋前尘野韭畦。

惭愧兴安高岭外，半轮月色与天齐。

不言桃李下成蹊终古高标有凤楼每上长原风浩荡鬼临湿地孕雏逐柳高舆岸藏鱼陆欢曲尝如八驷马骄一唱将歌天阔大晴光阔漫连山低

郑柏田诗额尔古纳湿地

丁酉夏日刘恒书

刘　恒　中国文联书法艺术中心主任，中国书协理事、学术委员会副主任

书《额尔古纳湿地》见 226 页

138cm×70cm

树高夹岸藏奥阵

水曲当忽印马蹄

郑福田先生七律额尔古纳湿地句己亥夏李玉芳

刘玉芳　中国书协会员、内蒙古书协理事

书《额尔古纳湿地》见 226 页

138cm×70cm

登兴安岭赠房兴耀先生

宗教传统远，哲思深，有不可言说处。今陪房会长兴耀先生登兴安岭，因便询以平常之规矩理路，大有收益。

长林玉露未凋伤，崇岭来登对夕阳。

高桦一山分黑白，丹枫满树渐青黄。

初心已证人民福，宏旨深明语默香。

归去何时重问道，且凭形影忆庚桑。

登兴安岭赠李玉玲居士

居士发大愿心，有大功德。护持佛骨赴台湾展出，即其一也。

早知度世用金针，费尽从来寸寸心。

世上梵音听扰扰，云间彩帜望深深。

佛言自此当无酒，禅味于今岂顾簪。

绝塞巡行风雨后，沉香萦腕是真琛。

阿尔山石塘林

地火升腾事不期，一朝喷涌走龙螭。

流岩冷化神龟甲，偃树低生彩凤枝。

我欲瞻天青翡翠，君能照水碧琉璃。

黄花十里香风远，未诉旁人梦已痴。

阿尔山杜鹃湖

荇藻微摇水自清，儿童笑语小瑶筝。

油松栈道随人曲，玉露珠玑带叶明。

几尾柳根游未已，数痕虹脚蕴将成。

杜鹃岂是闲名字，遍野年年最此荣。

徐利明 中国书协理事、草书委员会副主任，江苏省书协副主席，西泠印社理事，南京艺术学院教授、博士生导师

书《阿尔山石塘林》见231页

138cm×70cm

行藻底摇水自清光童俊僧小

琴挲油松栈芒隐人曲玉露珠璣

帯叶肉草尾柳根遁未巳如痕虬

和茏肉生杜鹃岂是禾尺字色里

手戸窝此出

郑福田语七律阿尔山杜鹃湖一七岁暮九丁酉夏月胡崇炜书

胡崇炜　中国书协理事、楷书委员会秘书长，辽宁省文联党组成员、副主席，辽宁省书协主席

书《阿尔山杜鹃湖》见 231 页

138cm×70cm

夜宿草原

　　草原之夜，玉宇澄清，明月皎皎，北斗离离。天下良夜，无逾此者。身处夜色之中，想望幕天席地，友月交风，吸江酌斗，吟啸纵浪之前辈古人，狂者狷者，真觉胸怀坦荡，心界空明，襟抱志意，绝类离伦。

四野风高雁阵低，重来坝上梦魂痴。

牧歌已唱三千里，塞马能吟十二时。

云锦裁衣天漫漫，清泉作酒斗离离。

开轩玉宇澄清夜，皓月如轮照大旗。

访多伦汇宗寺

帝业皇皇势过秦，当时又见版图新。

方收八部归一统，更喜诸宗汇上真。

紫燕有巢栖日月，纶音无量对星辰。

至今妩媚湖边柳，犹忆开基柱础人。

田野风高鹰陣，重来墙上
梦魂应牧歌已唱三千里，寨蛮风
就此十三时雪锦裁衣天渺泣沱
泉作泷斗難閣轩玉宇澄清夜酢
月如輪巨大振

夜宿草原

郑福田先生七律之一

庚寅

洪厚甜

洪厚甜　中国书协理事、楷书委员会委员

书《夜宿草原》见 234 页

138cm×70cm

过元上都

　　元上都遗址位于锡林浩特市南面的正蓝旗，元世祖忽必烈未即皇帝位前，在蒙古宪宗六年（公元1256）开始筑城，初名开平府；忽必烈即位后，至元八年（公元1271）改国号为元，称开平府为上都，又名上京或滦京，为元朝的夏都。元朝皇帝每年夏季率领重要大臣来这里避暑和处理政务，因此将宫城建成园林式的离宫别馆。元朝定都北京后，就把这里作为陪都。元上都遗址是我国草原城市遗址中规模最大、级别最高、保存最完好的一座。北枕如青龙盘卧、秀色常青的龙岗山，南边有滦河流过。绿草莽莽苍苍，令人生出深沉的历史感慨。

访古驱车过上都，从人指点说雄图。

龙岗纵不知终始，滦水应能记有无。

满眼骄阳光烂漫，一城遗址草荒芜。

襟怀八百年间事，郁郁难消恃酒呼。

阿拉善赠滕文生先生

问水登车一动容，贺兰秋色转深浓。
新流已注居延泽，往事犹询杭爱峰。
大野明驼开骏足，小城坏壁起螭龙。
边州自是经行少，家国平安事万重。

忆阿拉善寄滕文生先生

高秋当日奉高车，迤逦长滩野色舒。
落叶胡杨真宛尔，飞沙旧塞果茫如？
洪荒意象苍岩画，终古山形大泽鱼。
别后风怀清似水，宵深昨又仿公书。

李　力　中国书协理事、内蒙古书协副主席兼驻会秘书长

书《过元上都》见236页

180cm×45cm

訪古驅車過上都，徙入相黥說
雄圖龍岡猶不知終燦水應
能記有無滿眼驪陽光爛漫一
城遺址草荒芝襟懷八百年間
事鬱鬱難消悄酒呼

古錄鄭福田詩遇元都丙辰夏月維忠書於京華

張維忠　中国书协理事、楷书委员会委员
书《过元上都》见 236 页
138cm×70cm

和林东山书法园二首

其 一

敕勒长川好，东山俊彩明。

开园当盛世，啼鸟作新声。

其 二

敕勒长川美，云停气象新。

朝朝亲翰墨，涧水啭清音。

阿拉善胡杨三首

其 一

已有风云态，况多感慨心。
盘空横硬骨，气象指千寻。

其 二

朝暾光炽烈，晚月色清幽。
十万虬龙在，当时骏骨留。

其 三

慷慨赴流沙，男儿岂顾家。
青春从逝水，枝干老天涯。

李　一

中国书协理事，中国艺术研究院研究员、博士生导师，美术研究所副所长，《美术观察》主编

书《阿拉善胡杨三首 其一》见241页

180cm×70cm

吴东民　中国书协副主席、行书委员会主任、海南省书协主席

书《阿拉善胡杨三首　其二》见241页

138cm×70cm

包头梅力更三叠流韵

天际奇峰厝，世间玄牝开。

虹桥方一曲，流韵已三回。

克什克腾旗折河

山川成色彩，草树记春秋。

林石依然在，折河日夜流。

阿尔山天池

众木翠成峰，一池天上水。

等闲莫倚栏，凫鹭烟光里。

和林东山书法园

大魏名碑气象殊，东山把笔纵歌呼。

当年饮马豪情在，收拾光芒入画图。

内蒙古师大盛乐校区玫瑰园

红云乍放正春时，袅袅当风细叶披。

丽质天成休媚世，且添小刺护花枝。

内蒙古师大盛乐校区马莲园

风神醉写若兰幽，秀叶亭亭翠欲流。

明日滩头君试看，晴阴雨雪伴沙鸥。

内蒙古师大盛乐校区干枝梅园

孤清几片渺云霞，多彩长原淡淡花。

今向小园高处住，春风应是满天涯。

内蒙古师大盛乐校区甘草园

仆仆风尘貌不殊，冬春交替几荣枯。

深根九尺潜心蓄，滋养甘甜世上无。

内蒙古师大盛乐校区芍药园

培君羽叶育君红，呵护情深雨露丰。

烂漫花开须记取，心香几缕谢长空。

山　寺

物外荒凉特特寻，残槐斜柳记狂吟。

山僧幸许鸣钟鼓，万点清扬一片心。

登 楼

烟霾尽日不知危，节序年来白发催。
一上高楼一惆怅，苍山百里锦灰堆。

大青山下早春

早春二月物欣然，来去轻车又一年。
阡陌遥看杨柳色，村歌几曲动炊烟。

白石山日出

松梢浮动海波同，高岭登临眼底风。
四面苍山环此曲，氤氲朝日看初红。

包头梅力更瀑布

叠瀑悬泉一线天，高亭独眺境幽然。
佛心不似东流水，也送清愁到酒边。

包头梅力更老树着花

崇峰石隙又桃花，老干犹擎几缕霞。

不似人间闲草树，朝随流水暮栖鸦。

鲁王垣壁

鲁王垣壁草萧萧，儿女当时重射雕。

遂令西风欧雨地，至今慷慨忆天骄。

贺《丰州文史》出刊

翁牛特旗《丰州文史》出刊，着意乡邦文献之整理收集，有功于社会，造福于桑梓。玉龙陶凤，翁旗之典型文物。

玉龙陶凤出唯潢，文化昌明甲一方。

大野山红凭向往，香花十万正琳琅。

海拉尔曲水

曲水汤汤欲到天，岸平草阔渐无边。
冈峦九脉犹深绿，湖泊参差忆昔年。

踏　歌

天边今日踏歌来，时雨清风拂面开。
阅罢龙翔兼凤翥，听人娓娓话和谐。

红花尔基樟子松国家森林公园

云龙风虎到峰头，林海浑茫一望收。
岭下三分秋色好，鹭鸶照水向中流。

新巴尔虎右旗

鸡鸣三国小城奇，牧草沾天仁者居。
行到神山秋色浅，新鹰试翅几云垂。

松精浮动海波同为
岭登眺眼底风四面苍
山隐佳处氤氲朝日峰
初红

郑褐田白石山日出

丁酉夏月 大方居 篆生

张世刚　中国书协理事、行书委员会委员

书《白石山日出》见 247 页

138cm×70cm

张建才　中国书协理事、草书委员会委员，河南省书协副主席

书《踏歌》见 249 页

138cm×70cm

云龙风虎到峰明来海鷹落

一望收岭万三公秋色好诗鹃鸣水

向中添

郑福田诗一首书庆内蒙古自治区年立七十周年

一百五月秉凡

陈洪武　中国书协分党组书记、驻会副主席

书《红花尔基樟子松国家森林公园》见 249 页

180cm×54cm

陈振濂　中国文联副主席、中国书协副主席、浙江省文联副主席、西泠印社副社长、浙江大学人文学院院长

书《新巴尔虎右旗》见 249 页

138cm×70cm

共看天保

大兴安岭林区实施天然林保护工程以来，山清水秀，佳木葱茏，云蒸霞蔚，仙鹤来翔。

共看天保绿连延，万木青苍众水涓。

最是鹤翔汀渚远，数声嘹唳动云烟。

林家饭菜

林业工人，朴素爽直，不少人甘守清贫。在位君子，宜留意焉。

野菜乡蔬故已陈，蓝莓汁液美无伦。

来从种树林家过，俯仰还期天地仁。

棚户女子

有棚户人家妇女，采黄花以为生计，艰辛备尝，对人言与丈夫离异事，语颇凄楚。

远客方来泪欲垂，寒家进退少颜仪。

黄花满室帘枕旧，犹向旁人诉故知。

兴安深处

大兴安岭林区涵养三江水源，功不可没。林业工人有尚住棚户，生活困难者。

九边绿意对天擎，涵育三江雨露盈。
今向兴安深处住，一棚一户总关情。

牙克石公园

园中草色碧芊芊，兰棹空明五彩船。
乘兴来游胸次广，一声喝破是天然。

牙克石丁香林

水绕山围爽气冲，翼然高阁迥临空。
丁香堆雪层林秀，万叶千枝造化工。

苍茫如涓流是鹳鹊洟

洪峰教新嗽喷动云烟

郡福田诗赴與岛崇调研飞越林

保护工程石作 二首交于中原砚汉弢梦宋华平书

宋华平　中国书协副主席、河南省书协名誉主席

书《共看天保》见 254 页

138cm×70cm

九迴狼意對三數峰

首三江自霧魚七向興安

深處又隹一棚二戶熱閙情

鄭福田先生詩興安深處棚戶匡書有来書

李有来　中国书协理事、行书委员会委员，北京市书协副主席

书《兴安深处》见 255 页

138cm×70cm

牙克石讲学

披襟小立沐斜晖，讲罢秋声未便归。

屋老墙残巢燕子，东西高下乱争飞。

登乌兰察布凉城县蛮汉山

蛮汉秋山气韵高，云丝渺若凤之毛。

行来杖履流连久，五色林声作海涛。

过卓资

春来少雨固多风，车过平山淡雾中。

一麦一禾勤作育，衣衫四野缀青红。

赴乌兰浩特机上俯瞰草原

铁翼横空接断云，川原深碧似天津。

南华海运曾如此，正色苍苍百态新。

乌兰浩特晚凉

2005 年 8 月初宿乌兰浩特，觉夜气清凉，时呼和浩特酷热难禁。

七月红城入晚凉，街灯流丽雨花香。

遥知岭外无穷热，不作笙歌放夜长。

兴安盟图牧吉大鸨保护区

绿畴摇漾走轻车，来访湖滨处士家。

万类有灵君记取，临风鸨羽向人斜。

兴安盟图牧吉百灵池

缕缕清风拂鬓丝，凭高静对露沾衣。

欣然物我襟怀好，眼底翩翩鸿雁飞。

哈拉哈河

界破青山九曲河，花朝月夕动微波。
冈峦体势连绵处，嘉气葱茏草树多。

阿尔山玫瑰峰

飞来云外拓心胸，妩媚称名景不同。
定是天公饶意致，奇峰厝此振雄风。

阿尔山灵芝

天池水色若虹霓，雾岭晴岚渐欲迷。
行到三潭花满目，欢呼遮路见灵芝。

琴　声

共看新姿第一回，异邦儿女踏歌来。
琴声岂是无情物，已傍华灯潋滟开。

笙　歌

溢彩飞光正满瓯，芊芊草色忍回眸。

十方品物清新透，复把笙歌赞胜流。

锡林郭勒盟多伦县汇宗寺二首

其　一

谁教诸部当佳儿，门户纷纷若布棋。

遂令参池轻俊燕，一般帘幕费猜疑。

其　二

年年清露浴僧衣，大漠间关远信稀。

野杏山桃徒色彩，归鸿何事向南飞。

墨云横空梅断令川原
碧水至津南菁海迁苍茫
正色苍茫百态新
郑福田十孔尔乌兰浩特

俯瞰草原一首
丁酉秋 晓云

孙晓云　中国书协副主席、江苏省书协主席

书《赴乌兰浩特机上俯瞰草原》见258页

138cm×70cm

七月红城丁晚凉街煌流
丽雨花无边知颜外无
穷热不作星然放夜长

二〇二五年八月初宿乌兰浩特觉来气清凉时呼和
浩特酷热难禁郑福田先生七绝一首以庆祝内蒙古自
治区成立七十周年岁在丁酉仲夏波乐斋金凯

刘金凯　中国书协副主席、书法行业建设委员会主任，河北省书协主席

书《乌兰浩特晚凉》见259页

138cm×70cm

縷縷清風拂絲憑
島靜對露沾衣欣然
物我襟懷好眼底
翩翩鴻僱飛

鄭福田詩
易彝王丹書

王丹　中国书协副主席、辽宁省文联副主席、辽宁省书协名誉主席、西泠印社理事

书《兴安盟图牧吉百灵池》见259页

138cm×70cm

刘月卯　中国书协理事、行书委员会秘书长，河北省书协驻会副主席、秘书长

书《阿尔山玫瑰峰》见 260 页

180cm×48cm

白旗草原湖水清湛

此水弯环怜碧透，他山耸峙看青深。

几多草野风尘叹，鱼跃鸢飞乱点金。

贺兰山秋色

奇峰泼墨贺兰幽，遮路云杉翠欲流。

行到珍珠滩上看，迷人五色是高秋。

地涌金莲

莫叹重山路转移，晴明未必认东西。

随缘只向深处去，八瓣莲开证玉梯。

重阳在阿拉善作四首

其 一

节到重阳冷露多，檐前红叶染秋柯。
文章不比年华老，悔写浮沉逐逝波。

其 二

朋侪重九竞登高，世界三千弱水迢。
陋室我观天远大，几行征雁起扶摇。

其 三

曾见高杨媚晚秋，居延水映老君牛。
化胡果若鸥波永，怪树能如骏骨留。

其 四

高天厚土肃秋霜，盛世民人福泽长。
耄耋欢欣盈道路，正颂家兴国运昌。

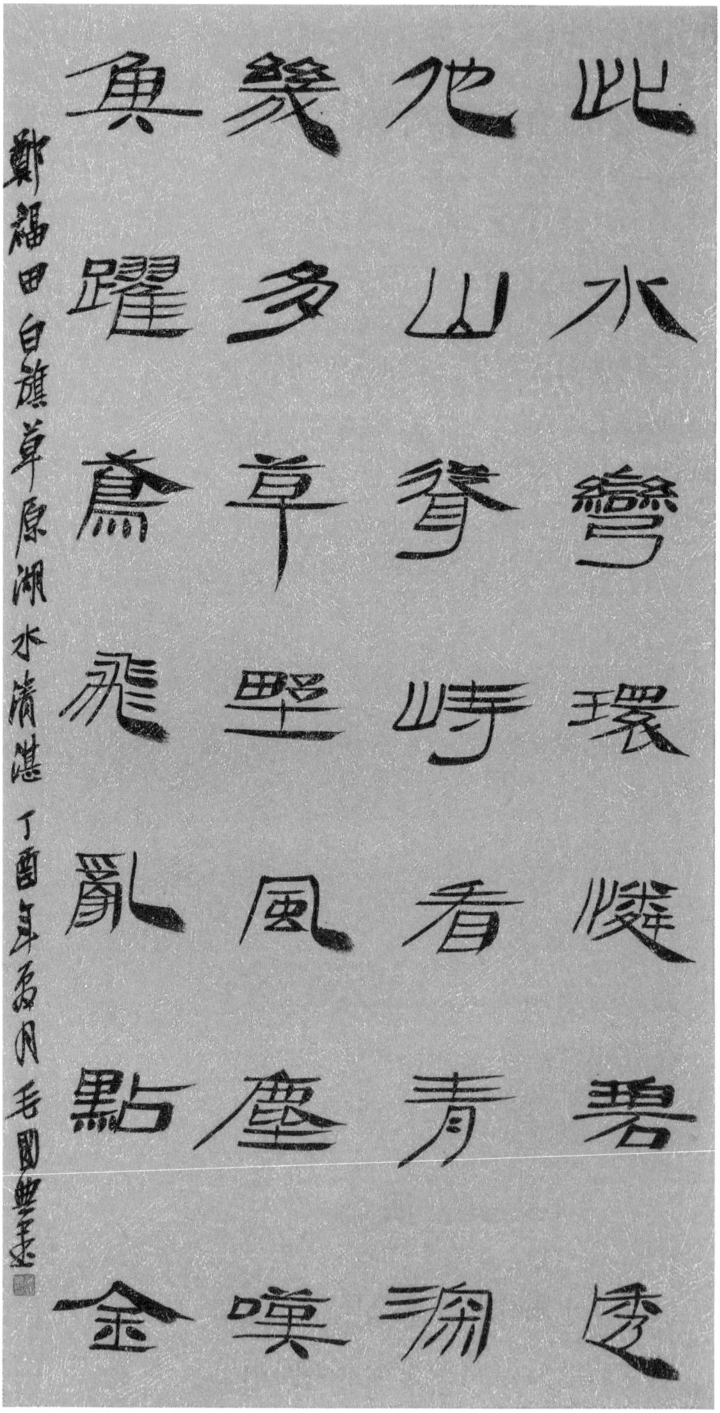

此水彎環凝碧�

他山聳峙看青翰

幾多芳草萋風塵嘆金

魚躍鳶飛亂點金

鄭福田白旗草原湖水清湛 丁酉年荷月 毛國典書

毛国典 中国书协副主席、江西省文联副主席、江西省书协主席

书《白旗草原湖水清湛》见 266 页

138cm×70cm

青峰泼墨贺兰遥
既云衫翠色行到
弥姝滟玉看远人玉色
是高秋

净斋福田诗一首 郑旭书

顾亚龙　中国书协副主席、楷书委员会主任，山东省文联副主席，山东省书协主席，山东大学艺术学院院长

书《贺兰山秋色》见 266 页

138cm×70cm

阿拉善南寺

百里长原一望平，心花从古对天擎。

梵香劫火浑闲事，觉悟龙蛇断续经。

额济纳晨起

塞柳当风拂面勤，朝云映日展金鳞。

秋深岂必胡杨好，野草闲花满地金。

辽祖陵即事

从古液泉水，长傍祖州城。

周垣佳气浮，高岭野云横。

石室迟大寝，崇碑记令名。

叠嶂焕生意，老树起新莺。

依山结高冢，面照立大封。

庄严黑龙阙，巍峨最天成。

我心驰白马，君意列严兵。

衰草期雨好，寒烟逐风行。

俯仰千年事，疾电伴惊霆。

黄金埋建业，残照当汉陵。

内北外中国，走鹿且翔鹰。

至今此山里，犹闻龙虎声。

乌兰察布凉城县二龙什台远眺

桦林隔山势，山势岂穷已。

阳如赤豹伏，阴似青龙起。

谓言象与狮，于此等芥米。

心底浮三山，人生几知己。

二龙什台盘山路径

盘山路径微，冷浸遥岑壑。

行者莫呼嘘，纷纷红叶落。

凉城小店

小店傍城郊，终朝无客顾。

徘徊垄上风，来惹门前树。

岱海水痕

冬阳浅淡阴，也上寒池水。
认取旧涛痕，今年沙碛里。

岱海湖畔早行

宿霰故飞飞，层楼朝展翼。
平湖接远云，鸥鹭云之北。

翟万益　中国书协副主席、书法教育委员会主任，西泠印社理事

书《岱海水痕》见 273 页

138cm × 70cm

潘继坦　中国书协理事、广西书协副主席、南宁市文联副主席、南宁市书协主席

书《岱海湖畔早行》见 273 页

138cm×70cm

郑福田先生正　五古岱海湖畔早行　潘继坦

阿拉善逢初雪

六出十万朵，摇落贺兰隅。

高者飞白羽，下者散霜珠。

有时迷眼目，偶或亲肌肤。

茫茫四围合，南山色已殊。

昨犹将墨泼，今则着粉敷。

道里忽焉近，长空渺一弧。

或怜檐牙短，妆成若玉无。

或曰和阗玉，不如塞上酥。

仁者多忧患，达者要吹竽。

单衫天涯客，秋风思故吴。

举头望东南，六龙驾赤乌。

不久还本色，念此莫长吁。

将进酒

钟振振先生来内蒙古讲学，适余停酒，未能畅怀，赋此以谢。用李贺《将进酒》韵，时在 2011 年 6 月。

接黄钟，意兴浓，谜底小姑非小红。

牛蹄正味瓷盘贮，草野时鲜五色风。

对大白，思羯鼓；长调歌，胡旋舞。

一任日出还日暮，十万心花作天雨。

相逢未获淋漓醉，汉赋唐诗真尘土！

赠诸生

内蒙古师大研究生毕业，感慨于案头人老，讲席渐荒，赋此以赠。用王维《陇头吟》韵，时在 2011 年 6 月。

我是学诗辽西客，日月消磨青鬓白。

文名不入居庸关，羞向高台吹玉笛。

长原大漠未解愁，陇头之水旧东流。

投笔豪情今尚在，直须径取万户侯。

屈宋词赋诚国器，无如经师老案头。

送友人赴内蒙古西部考察

早知君家居京都，却向极边施宏图。

登高应叹白日烈，临远定惊红尘殊。

金樽清酒野帐里，率性平章暮山紫。

醒时须放青眼看，有此风光有此水。

大块开发乌金乌，且听旁人吁噫呼。

要怜寰中古大陆，夷作丘墟成荒芜。

好从沙湖看宁夏，浩荡天风遍四野。

名城终夜明灯明，笙歌无处不大雅。

银川北度山盘盘，原上平旷沙无澜。

中间小洲琉璃碧，绝代风流真奇观。

驼队向晚隐晚雾，八卦石桥九曲路。

鳞次栉比新城新，点缀江南旖旎树。

闻道驱车参贺兰，一往神驰随岩峦。

古木萧萧梵唱盛，为祈中华吾民欢。

后 记

　　我的这本《骏马 明驼 草原风》，收录四百七十六篇诗赋，分为三辑："骏马辑""明驼辑""草原风辑"。

　　这个集子所收作品，时间跨度近二十年，作品反映的均是写作当时的情形状态和认识见解。我在收录时，一仍其旧，未加改动，希望留住当时的状貌，也希望从中可以见出发展的日新月异与认识的逐步深化。

　　我愿意不断修炼，做一个永远的真正的歌者。歌咏骏马、明驼、草原风，歌咏壮美内蒙古、亮丽风景线。

郑福田

2020 年 2 月